SHBOOKS

读,就是不断地成为

国际语言文化丛书

孔令刚　主编

母语之外的旅行

多和田 叶子 ——— 著　　金晓宇 ——— 译

冯君亚　　审校

河南大学出版社

·郑州·

图书在版编目(CIP)数据

母语之外的旅行 / (日)多和田叶子著;金晓宇译. 郑州:河南大学出版社,2025.2. -- (国际语言文化丛书 / 孔令刚主编). -- ISBN 978-7-5649-6008-7

Ⅰ. I313.65

中国国家版本馆 CIP 数据核字第 20253VK740 号

EKUSOFONI:BOGO NO SOTO E DERU TABI
by Yoko Tawada
with commentary by Levy Hideo
© 2012 by Yoko Tawada
Commentary © 2012 by Levy Hideo
Originally published in 2012 by Iwanami Shoten, Publishers, Tokyo.
This simplified Chinese edition published in 2025
By Henan University Press Co., Ltd.
by arrangement with Iwanami Shoten, Publishers, Tokyo

豫著许可备字-2024-A-0122

母语之外的旅行
MUYU ZHIWAI DE LÜ XING

作　　者	[日]多和田叶子		
译　　者	金晓宇	审　　校	冯君亚
责任编辑	时　海	责任校对	李　云
封面设计	金　泉		

出　版	河南大学出版社
	地址:郑州市郑东新区商务外环中华大厦 2401 号
	邮编:450046　电话:0371-86059701(营销部)
	网址:hupress.henu.edu.cn
排　版	郑州市今日文教印制有限公司
印　刷	河南印之星印务有限公司
版　次	2025 年 5 月第 1 版
印　次	2025 年 5 月第 1 次印刷
开　本	889 mm×1194 mm　1/32　　印　张　7
字　数	120 千字　　　　　　　　　　定　价　48.00 元

版权所有,侵权必究
(本书如有印装质量问题,请与河南大学出版社营销部联系调换。)

前言

围绕着语言,世界始终在不断运动。要想把握整个动向,就像要把握太平洋上各种鱼群同时游动的方向一样,几乎是不可能的。

起初,我以"移民文学""越境""克里奥尔""少数派""翻译"等关键词编织渔网,试图捕捞鱼群。但不知为何,进展总是不顺利。于是,这次我决定自己变成鱼,周游于各个海域。结果我发现,这种方式能更好地把我想表达的内容抓住并整理出来。这种写法,太适合经常旅行的我了。就这样,那些原本只是抽象名词的地方,具象为一个个城市的名字。我就是一条鱼,自由自在地遨游在各地海域中,用我的鱼鳞去感知各种各样的语言。我将我的感触与自己之前读过的、思考过的,以及从别人那里听到的故事一一对照,写成了这本书。

目录

第一部 母语之外的旅行

1 达喀尔 出离母语是常识 3
2 柏林 语言的殖民记忆 15
3 洛杉矶 语言之间的诗意峡谷 23
4 巴黎 多语编织的一种语言 35
5 开普敦 用哪种语言做梦？ 42
6 奥会津 关于语言移民的特权 49
7 巴塞尔 越境的方式 55
8 首尔 被强加的出离母语 66
9 维也纳 排斥移民语言 74
10 汉堡 寻求声音 79
11 盖恩斯维尔 世界文学分类再考 91
12 魏玛 小语种、大语种 96
13 索菲亚 语言自身的寄居地 101
14 北京 迁徙的文字们 112

15	弗赖堡 音乐和语言	122
16	波士顿 英语改变了其他语言吗？	126
17	图宾根 来自未知语言的翻译	132
18	巴塞罗那 舞台动物们	137
19	莫斯科 不畅销也没关系	142
20	马赛 语言解体的地平线	152

第二部　实践篇　德语的冒险

1	空间照料者	159
2	只是一个小小的词语	163
3	说谎的语言	168
4	藏在词语里的虫子、植物等	173
5	对"月"的误译	179
6	引——点、线、面的故事	184
7	缀文成篇	189
8	身体是容器	193
9	衣装	197
10	感觉的意义	202

解说　"exophony"的时代　　　　　　　207

第一部

母语之外的旅行

1 达喀尔 出离母语是常识

2002年11月,我参加了在塞内加尔达喀尔市召开的研讨会。主办方是德国文化馆和柏林文学研究中心,德国作家和学者受邀与塞内加尔作家进行交流。我用德语创作,也受到了邀请。第一次从研究员罗伯特·史托克罕马(Roberto Stockhammer)的口中听到了"exophone作家"这个说法。他是这次研讨会的主要策划者。我们之前也常听到"移民文学""克里奥尔文学"等词,但"Exophony"的意义更广泛,是指母语之外的所有状态。未必只有移民才用外语书写,他们使用的语言也未必就是克里奥尔语①。从参会者们身上便可知道,世界在不断趋于复杂多样化。埃莱尼·特罗西(Eleni

---

① 克里奥尔语是一种"混合语",由皮钦语演变而来。"克里奥尔"原意为"混合",泛指世界上那些由葡萄牙语、英语、法语以及非洲语言混合并简化而生的语言,美国南部、加勒比地区以及西非的一些地方所说的语言也都统称为克里奥尔语。——译注

Trossy)是希腊人,我们两个都是后来移居德国的,或许我们算广义上的"移民"。玛雅·哈德勒普(Maja Hadelup)是出生、成长都在奥地利的斯洛文尼亚人,不是移民。尽管如此,她的童年几乎都是在听着斯洛文尼亚语中度过的,这种语言环境放在现在的奥地利当然是不可能的,但四十年前,还是存在相对封闭的少数民族语言空间的。她的父母都会说德语,但她经常和说斯洛文尼亚语的祖母生活在一起,所以她说自己的"母语"实际上就是"祖母语"。

参会的还有瑞士作家胡戈·罗彻尔(Hugo Loetscher),他谈到了瑞士的语言政策——瑞士有四种官方语言,还有,瑞士口语和标准德语之间的差异对瑞士文学的意义。无论是移民还是克里奥尔人,跨出母语的情况在世界各地普遍存在。

在以前是法国殖民地的塞内加尔,直到前不久,人们说到写作,还都是指用法语写作。所以,塞内加尔作家们虽然生活在自己出生和成长的土地上,但他们写作用的却是法语。就口头文学而言,当然是用本地语,但书面文学也受到重视后,他们最初就只能用法语写。可是,他们使用的法语并非克里奥尔语,更不是皮钦语。我问他们的法语有什么特征,来自柏林的年轻学者迪尔克·纳格谢夫斯基(Dirk Naguschewski)告诉我:"没人会喜欢这个问题。几乎所有的作家都写'规范'的法语,他们讨厌别人称赞自己的法语'带有西非范儿'。"原来如此,我吃了一惊。估计不少人相信,只要稍微和经典、规范的法语不一样,就是"奴隶"语,或用现代话来说,是"劳工"语。所以,要避免误解,得先强调"这是规范的法语"。不过,换我马上会想,他们受过教育,又生活在多元文化中,一定会生发出别开生面的法语吧,那是艺术家的个人作品,是一种突变的语言,既非皮钦语,也非克里奥尔语。

直到前不久,在塞内加尔,上学识字就是学习法语。沃洛夫语等当地话长期以来是没有文字的。当我说"我不会法语"时,人家一脸惊愕:世上竟还有不会法语的作家!因为,不会法语,就等于不识字啊!

然而,有位编辑报告说,在"写"就是"写法语"的塞内加尔,几年前也开始出版沃洛夫语小说了,出乎大家的意料,这些小说的读者越来越多。

令人欣喜的是,有人发言说,有的塞内加尔作家甚至还用英语写小说，一位名叫戈尔基·迪安（Gorgui Dieng）的作家就用英语写了《从黑暗中跳出来》一书。英语在日本可能被认为是国际语，但在塞内加尔，英语只不过是欧洲语种之一，法语才是国际语。我不会法语，当我离开达喀尔去圣路易旅行时，由于酒店前台和司机都不懂英语，我就请了会法语的德国人同行。总之，塞内加尔人根本没理由用英语写作。但是，当他们反抗因为历史原因而被强制使用的法语时，他们并不是回到母语，而是最大限度地利用个人选择的自由，选择了完全不同的语言，这种姿态让我感到耳目一新。不去寻根，而是既然独立运动，那就飞向更遥远的异界！有点意思！

当然，或许选择用英语写作的话，读者会更多。在这个意义上，用英语写作也许没有太多个人自由选择的意味，但它由此向塞内加尔社会提出了一个问题：如果仅仅是为了拥有更多读者，不是应该忘记法语，改用英语吗？

不管怎样，我特喜欢"Exophony"这个词，它让人耳目一新，像一种交响乐。全世界有各种各样的音乐，姑且跳出母语环境，到外面看一看，会听到怎样的音乐呢？这也是种探险。这看起来与"外国人文学"或"移民文学"等概念一致，实则恰恰相反。如果"外来的人进入你的语言环境并用你的语言创作"这种理解在"外国人文学"或"移民文学"这一说法中有所体现，那么真正的问题应该是：如何超越包围自己（束缚自己）的母语？（如果走出去会发生什么？）我认为，这种充满好奇心的探险思维正是"exophone文学"所体现的。哪怕非母语写作的契机是殖民统治或流亡等，只要最终生发出的文学是有趣的，就没有必要将其与自发"走出去"的文学区分开来。这是十多年来我与流亡德国的作家们交谈得出的结论。很多人都说，被迫流亡异国他乡是很不幸的，但也有幸邂逅了一门新的语言。

　　我觉得旧殖民地的情况也类似。殖民统治绝不能正当化，但可以以"摔也不能白摔"的坚韧，用摔倒时抓住的泥巴——外语去创作，不也很好吗？而且，按照史托克罕马的说法，所有创作的语言都是"被选取的"。并非只有那些因命运的捉弄不得已使用他国语言的作家们才会被动去选择一门外语。即使是只会一种语言的作家，其文学也必然是以某种形式"选取"的创作语言。"exophone现象"也向那些母语之内的"一般"文学，提出了前所未有的问题：为什么选择这门语言？

本次研讨会上有过数次热烈的讨论。例如，一位定居在达喀尔市三十多年的法国文学女学者，像母亲帮助孩子一样爱护和帮助塞内加尔作家，简直是手把手、无微不至。我知道她满怀善意，但她话里话外透出这样的意味："你们写法语时可要注意啊，不要乱写，否则会被说是非洲人的法语（有相应的歧视语），会被歧视的，加油啊！"即便是通过翻译，我也能清楚地感受到她话里的意味。迪尔克·纳格谢夫斯基就在问答环节，对这一点进行了批评。他说，就因为自己的母语是法语，就有资格评判别人的法语"好"还是"坏"吗？根本没有！如何使用法语完全是人家塞内加尔作家们的自由。

在德国，虽然不如日本那样严重，但是也时不时有人仅仅因为母语是德语就相信自己对德语拥有绝对主权。还有人简单地相信，歌德作品的德语很优秀，克莱斯特①的就差些，移民文学的德语则更差。常有这样的现象：对文学没有深入了解的人，

---

① 海因里希·冯·克莱斯特（Heinrich von Kleist, 1777—1811），德国诗人、戏剧家、小说家和记者。——译注

认为那些看似简单的词句就是幼稚的,一看到不熟悉的句式就立马觉得那是拙劣的写作。如果写作者的母语是德语,则客气地三缄其口,一旦知道对方是"外国人",立马就放心大胆地开始发表浅薄的见解。有时候,有的人很喜欢小说,却觉得被现代文学的烦琐言论所排斥,在自卑感和人道主义的驱使下,干脆投身于移民文学。在这种情况下,他们大概也是把移民文学看作了自己可以庇护、并留意不使其朝不良方向发展的对象吧。

在日本,移民文学还没到自成一派并且成为话题的程度。当然,很多作家是中国人和朝鲜人的后裔,他们也是日语文学的主流,这和"少数民族"(Minority)等概念有所出入。移居日本用日语创作的外国作家,我想到的只有利比英雄①和戴维·佐佩蒂②。直到现在,还有很多日本人坚信,外国人怎么可能用日语写小说呢?这一点,利比英雄在随笔中也反复提及。

用外语写作,并不是要尽量模仿这种语言现在

---

① 利比英雄(日文名:**リービ**英雄,英文名:Ian Hideo Levy,1950—),美国出生的日语作家。——译注

② 戴维·佐佩蒂(David Zoppetti, 1962—),瑞士出生的日语作家。——译注

被许多人使用的样子,也不是要简单地模仿被同时代人称为美丽的语言形式;相反,是重在发掘这种语言中潜在的、不被世人所见的表达方式。因此,为了无限接近语言表达的可能性和不可能性,走出母语是一个强有力的策略。当然,走出母语的方法有很多种,走进外语并不是唯一的途径。

用外语创作时,困难的并不是语言本身,而是与偏见作斗争。无论在德国还是在日本,都有很多人认为,外语就得用"好"和"差"来衡量。对一位日语创作者说"您日语很好啊",就像对凡·高说"您向日葵画得很好啊"一样奇怪。但就是有很多人一本正经地这样说,好像一听是外国人,立马就想用"好"和"差"来衡量人家的日语了。

我感觉日本人在接触和学习外语时,常常不考虑学习的目的和意义。于是,就只剩下了"好"和"坏"。当然,这里面有它的历史原因,特别是英、法等西方语言,在日本社会内部曾被当作划分阶层的工具。这不仅仅是因为,如果英语不好,就通不过考试,进不了一流大学。更是因为,直至现在,外语有时仍然被用来制造一种更为模糊的"阶层意识"。前不久我读日本漫画时,还看到这样的文字:

"这家法国餐厅，菜单都是法语的，只接待高级客人。"似乎学外语、去留学一下子就"高级"了起来，就和普通人拉开了差距，象征着阶层的跨越。并且，谁的外语"好"谁的外语"差"，日本人自己是评价不了的，而是由某个"外部的上层权威"决定的。这种权威在日本被抽象为一个"西方人像"。这种思维，与其说是家元制度的思维，不如说是殖民地式的思维。因为在家元制中，师父姑且还是组织内部的人，是有血有肉的，而不是抽象化的人像。把抽象化的"西方人"崇拜为权威机关，也就意味着无视具体的西方人个体。实际上，活生生的西方人由土耳其裔德国人、韩国裔德国人、印度裔英国人、越南裔法国人、非洲裔美国人、日裔美国人等各种各样的人组成。如此的多样性，"西方"起不了歧视工具的作用。所以，无视具体的西方人，而维持着自己想象中的"西方人"形象的这种状况，我感觉至今日本依然存在。

二十多年前我还在日本时，曾在"法国雅典娜"文化中心看过一部电影，名为《被车撞的狗》。这部电影讲的是一位来自西非的日本文化研究者的故事。电影里，他被驻日法国人问道："非洲人都快饿死了，你还学什么日本文学？"酒馆里喝得酩酊大醉的日本人也问他："非洲人吃人是真的吗？"气得他掀翻了桌子。他想兼职教法语，就登了个广告。有个年轻的日本女性想学法语，看到广告后来登门拜访，到他家一看，发现这位法语教师是个非洲人，吓得拔腿就跑。这个场景犀利地反映了日本人对"法语"所寄予的复杂愿望，以及不自觉的自卑感所导致的不安："和非洲一样，我们都是被欧洲人视为野蛮人的亚洲人，但现在我们有钱了，可以支付昂贵的学费学习法语，以确认自己不是野蛮人。"她不自觉会这么想，没想到出现在面前的偏偏是个非洲人——一直以来就是"野蛮人"的受害者代表，还是以法语教师的身份。所以她才惊慌失措地逃走吧。这意味着，不知为何日本人原原本本地接受了欧洲的野蛮观。这种奇怪的自卑感虽因经济增长而被掩盖，但并未消失。日本人不是野蛮人，理由很简单：不是只有皮鞋才是文明，木屐也是文明。然而这样的反思被忽略掉了，人们试图用一种奇怪的方式来疗愈——因为日本人有钱，所以不是野蛮人。我就是出生并长大在那样的时代。我是在20世纪80年代移居到德国的，那时中老年日本人总是特别强调，只有日本人在欧洲到处买奢侈品、去高级餐厅。或许这样才能缓解潜在的自卑感引起的压力。要说花泡沫经济的泡沫钱来奢侈享乐尚能理解吧,却也并非如此,那种购物的狂热中有一种类似用金钱洗刷怨恨的攻击性。其结果,日本人不仅错失了从外部视角削弱欧洲中心主义的机会,还只把欧洲文明视为消费主义文明,并且自己也要跻身其中,这种观念越来越普遍。历史似乎成了橡皮擦的碎屑,被拂到了桌子下面。比如,现在日本人会说"去亚洲"。要我就会奇怪:"啊,什么意思?"但对他们来说,"亚洲"并不包括日本,所以才这样说。他们好像不是从地理、历史角度,而是从经济角度来看亚洲的。

常有人说,现在再谈日本的自卑感已经不合时宜了,现在的人根本不把这当回事。学法语只是因为开心,去巴黎只是因为有想买的东西,吃法国料理只是因为好吃,仅此而已。自卑感和怨恨早已荡然无存,没必要费神去想那些。但是,欧洲中心主义和日本扭曲的国粹主义,只是貌似被克服,实际上碰也没碰就被掩盖在了一万日元的纸币下面。我觉得经济危机时代如果能成为重新思考这些问题的契机,那么泡沫破灭也有其价值。然而现实却难以如人愿。泡沫一旦破灭，就又容易流于毫不反省的另一种倾向：觉得法语等"外语"不过是装饰，是奢侈品，别学了，学英语就行了，搞业务能用上。所以，日本的大学不断削减英语以外的外语教育预算。

不认真思考为什么学习外语就贸然去学，必然会继续被机会主义所左右。从塞内加尔返回的飞机上，我一边吃着法国航空公司提供的美味点心，一边思考着这个问题。

2 柏林 语言的殖民记忆

2002年11月底,在柏林举行了德国后期浪漫派作家克莱斯特的定期学术会议。在十九世纪文学中,克莱斯特是我最喜欢的作家之一。一位年轻的匈牙利德国文学研究员建议在最后一晚就克莱斯特作品的翻译举办一个小组讨论,邀请来自法国、匈牙利和日本的学者。选这三个国家,是因为克莱斯特的全集译本只在这三个国家出版过,比如说英文版的克莱斯特全集就不存在。

不幸的是,由于资金原因,他们未能从日本邀请到专业人士,请的是我,这个身在德国、热爱克莱斯特文学的非专业人士来简要介绍克莱斯特全集和译本在日本出版的历史。借此机会,我读了目前市面上的日语译本,还读了森鸥外①翻译的《圣多

---

① 森鸥外(1862—1922),日本小说家、评论家、翻译家。——译注

明戈的婚约》（森译标题是《恶因缘》）和《智利地震》，也浏览了其他的文献。

读到当时日本的外语教育和翻译情况，我发现森鸥外和我们对待德语的态度有很大差异。众所周知，日本在明治维新初期，从欧洲聘请大量专家到大学任教，只为直接引进欧洲的语言、技术和自然科学。当时也几乎没有日语版的教材和自己的教师，东京大学医学部上课都是用德语。即便如此，那时的热血和干劲也与现在不可同日而语，人们怀着壮士断腕的悲壮和决心，照搬西方、全盘西化，让人不得不钦佩。同时我也很感恩：幸好生在一个可以相对审视"西方"的时代，女性也能正常学德语。我就读的东京都立高中曾经是旧制的第二中学，当时德语是第一外语，而且是所男子学校。战后改为男女同校，德语保留为第二外语，在那里我第一次接触德语。进入早稻田大学文学系后，我主修俄罗斯文学，但在早稻田外语研究所，我依然能够继续学习德语。

我再次感到，森鸥外或许是个相当矛盾的人。当年日本以普鲁士为典范，在富国强兵的道路上紧追猛赶，森鸥外作为日本现代化剧本中闪亮登场的人物，远赴德国学习卫生学等知识，但对"文明开化"即"西洋化"，他却始终以幽默且略带讽刺的态度保持着距离。当时的军人或留学生有多少人有这样的余力？据说在柏林，他远离日本人聚居区，搬到路易森大街——现在建有森鸥外纪念馆。可见，他和其他留学生之间可能有不少分歧。

森鸥外有篇作品名为《大发现》，非常有趣。讲的是作者从日本抵达柏林后去拜会公使，却从对方的态度里深切感觉到了鄙视，在公使眼里，自己就是一个"椋鸟"，即进城的乡巴佬，而西方和日本完全就是城市和乡村的构架。公使问："你干吗来的？"他答："我是来学习卫生学的。"公使竟然说："什么卫生学，这说法愚蠢至极。穿着'跂拉板儿（木屐）'，旁若无人地挖鼻屎，这样的国民说什么卫生！"从那以后，作者脑海里一直有一个疑问：欧洲人真的不挖鼻屎吗？留学期间，他也老想着这件事。他还思忖，用手帕擤鼻涕，鼻屎擤进手帕，再放进口袋里，不更不卫生吗？放到现在德国人也会想到这一点，但当时思考"文化比较"而非"文明开化"可能性的，恐怕独森鸥外一人吧？有一天，作者终于在欧洲小说里找到了挖鼻屎的描写，他大喜过望，自己这辈子无缘科学发现了,这个"大发现"可是独一份的!这篇充满幽默的作品太重要了,它破解了"卫生学"的神话。被神话后的卫生学,成了衡量文明的标准,也成了歧视的工具。纳粹思想利用的伪科学中有"优生学"和"面相学",我看"卫生学"也有危险。

日本人已经不再穿夹大脚趾的木屐或草鞋了。现在的日本人觉得这种变化是时代的发展,是自然而然的。很多人并不觉得历史是"人类自己创造的"或"出于责任感创造的",而觉得历史是"时代的变迁",是一种自然现象。就像蝌蚪放着不管,自会变成青蛙一样,难道草鞋会自己变成皮鞋吗?然而,森鸥外的作品传递过来的感受是,一切并非自然变化,而是西方绝对强大,日本面临被殖民地化的严峻形势,国家自愿改变,强制大家穿皮鞋的。否则,日本将被排斥在文明国家之外,继续履行不平等条约,继续半殖民地状态。如果那样就糟糕了。所以男女混浴、裸体外出和同性恋等,那些在美国属于不文明行为的,都被立法予以禁止,从此在日本社会销声匿迹。不是自然消失的,是人为禁止的。但那不怨美国。日本人自身产生了森鸥外作品里公使所代表的那种意识才是问题所在。森欧外对公使态度的细致描写传达的"历史感"甚至超过了历史书和历史小说。

我是20世纪60年代上的小学,那时始于1868年的明治维新已经过去很久了。回想起来,好像当时还在努力地建立卫生制度。每天都检查:带手帕和卫生纸了吗,剪指甲了吗。还必须得唱"我们用肥皂洗手"等歌谣。日本拼命全盘西化、意欲跻身"一等国家"的余韵依旧未了。这么一想,我心里涌起了期待:作为一名"野蛮人"作家,看来我也能讲述一下自己的殖民地童年嘛。如果当时就是抵抗,就不洗手不就行了,但我服从国家政策乖乖地洗手,可不就是殖民地的孩子嘛。塞内加尔的欧洲人聚会时常常抱怨说:"那些厨娘,每天得说她们才会去洗手,不说就不洗。"类似的殖民地式的对话,明治维新时期旅居日本的西方人之间一定也有过。

管他什么人的卫生观,培养自己的卫生习惯不就好了?但除了谷崎润一郎①的《阴翳礼赞》等少而又少的尝试,大多数日本人都彻底贯彻"西洋式"

---

① 谷崎润一郎(1886—1965),日本小说家,唯美派文学主要代表人物之一。——译注

的卫生观，甚至到了神经质的地步，有过之而无不及。其结果是，现在几乎没有哪个国家能比日本的马路和机场地面更干净。有的人甚至因为过度清洁而生病。我甚至还在德国电视上听过"在日本人看来，我们的洗澡也许太不彻底，太不干净了"等说法。日本人制造了反向的神话。然而，这些话即便治愈了明治维新的创伤，也改变不了自己继续是卫生神话受害者的事实。就像和性别歧视的偏见作斗争终于出人头地的女性，即便获得了"你比男人强"的评价也不觉得开心，两者是一样的。相反，还可能被无尽的疲劳感和自我憎恶所淹没，陷入忧郁状态。只是这样还好，说不定一直以来的压力突然爆发，滑向了极端国家主义呢？

总之，森鸥外这篇糅杂了随笔和小说的短篇，将卫生学引进日本的同时，又以批判的目光审视着卫生学。对我而言，它比"历史小说"更有历史感。

相比之下，我对森鸥外翻译的克莱斯特略有不满。森鸥外最早将克莱斯特介绍到日本，这固然很好，但他的翻译将克莱斯特好不容易开辟出的撼动古典平衡、开发新语言可能性的文体给修剪整形了。例如，克莱斯特的表达从句很多，而且这些从句不只是补充信息,它们茁壮生长,自成一体,那正是克莱斯特的魅力所在。这种文体非但不是没用,还与主体内容密不可分。例如《决斗》开头的长段,原文宛如枝蔓繁生的一株大树,为读者描绘出一幅分支庞杂的图景。婚前与正妻所生的孩子、与外遇对象所生的死去的孩子、因外遇而绝交的同父异母的弟弟等信息以旁枝的形式逐次展开,所以遗产最后将被谁继承,给人留下了悬念。《O侯爵夫人》的开头也是一边介绍体面结婚、有孩子的夫人,一边描写夫人通过报纸的寻人启事寻找腹中孩子的父亲,这些只用一个长长的句子写出来,让人强烈地感到,似乎在不可动摇的市民家庭制度中间裂开了一个洞。如果把句子缩短,写成虽然有A(不会动摇的婚姻制度),但是B(异常事件)发生了,意思就完全不同了。长句本身就有意义。《智利地震》开头的句子也很长,一边像编年史一样叙述,一边讲述地震和绞刑,并将其全部强行塞入同一个句子,历史的同步性令人眼花缭乱。森鸥外的翻译把这些都当作有损美观的无用树枝给剪掉了,我真是失望透顶。

当然,不止森鸥外如此。现在也能听到各国的研究者、文艺评论家和翻译家们指手画脚的评价,一听到说"克莱斯特的句子表达拙劣",我就想跳进他投水自尽的柏林万湖,冷却下我那气得火冒三丈的头脑。

首先,句子的长度没有客观上的标准。长或短都是表现手法的一种。阅读克莱斯特的句子,语言本身传递的快乐直达脑细胞和全身,由此引发的震颤,撼动身心,也撼动那些历史般的风景,这样的文采绝不拙劣。但是,我能肯定这种表达风格,并在这指手画脚地批评森鸥外的翻译,也是因为我读了一个世纪以来引入的各种翻译理论的缘故。

对克莱斯特的期待,随着时代不同,内容当然会有所变化,现代和明治、大正时代各有不同的期待。在1911年出版的杂志《艺文》之克莱斯特特辑上,不少评论家强行把他视为强大的普鲁士的代表作家,竭尽溢美之词。

现在,应该不会有人因为崇拜普鲁士才学德语吧。相反,更多的是可以边学德语边想:嗯,普鲁士在这点上不行,近代日本曾经试图模仿它,在这点上也不行,等等。克莱斯特出走普鲁士,抨击普鲁士,这样,阅读他的文本,就又增添了一层乐趣。

3 洛杉矶 语言之间的诗意峡谷

1997年,我在加利福尼亚州待了两个月,住在圣莫尼卡附近的奥罗拉别墅。别墅是墨西哥风格,很漂亮,曾是利翁·福伊希特万格①的住所。第二次世界大战期间,他为逃避纳粹对犹太人的迫害,流亡到了这里。目前,这座别墅成为住在德国的画家、电影导演、作家、作曲家等人获得奖学金后在洛杉矶创作和居住的场所。附近还有托马斯·曼②流亡在此时居住的房屋。勋伯格③等人也经常光临别墅,客厅里装饰着同样流亡到这里的贝尔托·布

---

① 利翁·福伊希特万格(Lion Feuchtwanger,1884—1958),德国犹太小说作家。——译注
② 托马斯·曼(Thomas Mann,1875—1955),德国作家。——译注
③ 阿诺尔德·勋伯格(Arnold Schönberg,1874—1951),美籍奥地利作曲家、音乐教育家和音乐理论家,西方现代主义音乐的代表人物。——译注

莱希特①的照片。除了小说家、音乐家,还有阿多诺②、霍克海默③等法兰克福学派的成员,他们也曾流亡到这个地方。

第二次世界大战期间作家为逃离德国纳粹而流亡到美国,以及战后作家为逃离东欧而流亡到德国,两者不可谓不像。不同的是,后者大多数人流亡到德国以后理所当然地开始用德语创作。而前者,即便流亡到了美国,大部分人也仍然保持德语创作,并在战争结束后返回德国。

例如,我隐约记得托马斯·曼曾流亡到美国,但我从未在他的作品中感受到加利福尼亚,也从未读过他用英语写的文章。回想一下,会发现他的作品中有各种各样的光线,比如,德国北部的吕贝克和汉堡的光线,瑞士恩加丁的光线,威尼斯的光线,等等,却不记得有富有特色的加利福尼亚的光线。虽然后来我在他的全集中也找到并读过他用英语撰

---

① 贝尔托·布莱希特(Bertolt Brecht, 1898—1956),著名的德国戏剧家与诗人。——译注
② 西奥多·阿多诺(Theodor Wiesengrund Adorno, 1903—1969),德国哲学家、社会学家、音乐理论家,法兰克福学派第一代的主要代表人物,社会批判理论的理论奠基者。——译注
③ 马克斯·霍克海默(Max Horkheimer, 1895—1973),德国哲学家,法兰克福学派的创始人。——译注

写的短篇随笔,但那类似于写给美国的公开信,不是文学作品。为什么他能身在美国却不被英语渗透呢?

在《新苏黎世报》(*Neue Züricher Zeitung*)上,马蒂亚斯·韦格纳(Matthias Wegner)为斯特凡·海姆①撰写的悼文开头有这样的句子:"很难说具有国际体验或通晓双语是德语作家的特征。至少,绝大多数人不是这样的。那些因纳粹独裁而不得不流亡的人,让这一点有了极少数的例外,但即便那个时候,也只有少数作家想要改变或者能够改变自己使用的语言。克劳斯·曼②和埃里希·玛利亚·雷马克③等人能操多种语言,是例外。还有斯特凡·海姆,他用英语写了很多小说,回到德国后,也继续用英文写作。"

德语作家不喜欢非母语写作不是因为没有语言天赋。现代德国作家中有英语很好且在英语国家生

---

① 斯特凡·海姆(Stefan Heym, 1913—2001),德国犹太作家。——译注
② 克劳斯·曼(Klaus Mann, 1906—1949),德国作家。他是德国著名作家、诺贝尔文学奖获得者托马斯·曼的儿子。——译注
③ 埃里希·玛利亚·雷马克(Erich Maria Remarque, 1898—1970),德国小说家,主要由于《西线无战事》(1929)一书而知名。——译注

活多年的,也不用英语写诗或小说。如安妮·杜登(Anne Duden)在伦敦生活了二十多年,还有2001年在事故中丧生的W. G. 塞巴德(W. G. Sebald),以及留学英国的乌尔里克·德瑞斯纳(Ulrike Draesner),他们都会说地道的英语,却绝不用英语进行创作。塞巴德在英国生活了二十五年还不止。我记得在一次朗诵会后,观众提问:"你为什么不用英文写作?"他回答:"我用英语写了很多学术论文,但文学与论文完全不同。"提问者好像并不认可这个回答。塞巴德说的意思我在心情上能理解,但过去十几年的工作逐渐瓦解了我的"理解",我也不能赞同。

安妮·杜登在一次朗诵会后,对同一个问题给出了更具体一点的答案。她是这样回答的:德语本身铭刻着我们背负的历史,一旦离开德语,就切入不了德国的历史了,所以我不能抛弃德语。她的意思应该不是说对德国的历史感到骄傲,而是必须对德国的历史负责吧。

当我读到她在帕德博恩(Paderborn)大学的诗学讲座时,发现"Schrei"(呐喊)和"Schreiben"(写作)两个词被放在一起。无论从声音上还是从语义上，写作和呐喊的关系都很复杂。但是，实际上只有处境优渥的人才能将呐喊转换成文字。能接受自己想接受的教育，成长的环境也可以使人有闲心来写小说和诗歌，相对来说这样的人还不多。多数人想呐喊也没有发言权，只能眼睁睁地看着身边人崩溃，在无声的呐喊中死去。另外，真的大喊大叫起来，还会被视为精神病患者。呐喊代替不了写作，写作也不是呐喊。然而，写作如果与呐喊完全分开也就不是文学了。呐喊和写作的关系密不可分。这两个词从语言学上看，词源并不相同，是作者根据自己的人生体验将两者紧密地结合在了一起。

此外，还有一些语法元素既是德语的特征，也成为了杜登文学的重要建筑材料。例如，德语中，动词语义经常会因加前缀发生一百八十度的改变。两个词看似含义相反，实则在深层相连。还可以不重复动词用连字符表示。日语里不这样，不过可以找个例子试一下，如"潜在"和"存在"都有"在"，为了强调这两个概念有相通点，可以写成"潜/存·在"。杜登的诗学讲座中，有个短语是"Unter und Auftauchen"。前者是"潜入"，后者是"浮现"，不止是反义词，对于杜登来说，它们有着不可分割的联系。比如当我们凝视一幅画时，我们的主体通过完全潜入画中体验主体性的丧失，而语言则逐渐浮现出来。

说到住在加利福尼亚，我想起诗人伊藤比吕美①。2002年我在因斯布鲁克看了她的英语演出，感到了异语言侵入身体、渗入灵魂的生动和鲜活。细胞在拒绝并呐喊的同时，又贪婪地接受这种入侵，并不断扩散，如同怀孕一般。她的声音中有加利福尼亚的光线。这光线让人想起的不是开朗或健康，而是挑战和应答引起的静电。

托马斯·曼为什么不是伊藤比吕美？这个问题看似简单，其实很难。不能说因为曼的作品没有洒满加利福尼亚的阳光，就以为他不喜欢流亡地的气候，只是在德语的暗室中创作。据说曼很是沉醉于加利福尼亚宜人的气候和风景。现在我们觉得那当然了，全世界都知道加利福尼亚风景宜人，但当时可没几人知道这一点。毋宁说，其他流亡作家因为难以适应这里的气候而吃了不少苦头。例如，莱昂

---

① 伊藤比吕美（1955—），日本诗人、小说家、随笔作家、翻译家。——译注

哈德·弗兰克①吐露的感想是，加利福尼亚的"空气中没有空气"，并叹息这里没有四季，"地狱般的好莱坞永远与沐浴在阳光下的生命相去甚远"。他早在一战时就反对战争，并在1934年五十二岁时成了无国籍人士，先流亡到纽约，后搬到洛杉矶，因为受不了加利福尼亚的气候和氛围，又回到纽约，并在1950年六十八岁时回了德国。不习惯加利福尼亚的作家不在少数。卡尔·楚克迈耶②甚至说："加利福尼亚的大自然没有生气、枯燥无味，看到圣诞节时开在院子里的刺眼的玫瑰，我差点吐了。"布莱希特似乎也不习惯加利福尼亚，他写道："只是看着窗外片刻，就感觉心情十分低落。"当然不是气候的问题，或许连太阳看起来都刺目得像好莱坞的商业主义象征。

我每天从福伊希特万格的书斋窗口眺望太平洋，想到这就是我小时候屏住呼吸所憧憬的太平洋的背面的景色时，就不禁感慨万分，但我并不是很想回

---

① 莱昂哈德·弗兰克（Leonhard Frank，1882—1961），德国小说家。——译注
② 卡尔·楚克迈耶（Carl Zuckmayer，1896—1977），德国小说家、剧作家。——译注

东京。在异地文化中感到不被接受、不被承认、不被理解,可能就会怀念故乡。但就我的真实感受而言,不理解我的人在日本也有很多,理解我的人在加利福尼亚也是有的。我觉得不过是相对而言,并不想特意美化自己的出生地。

望着太平洋感受到的并不是眷恋和怀念。毋宁说,是那种从东京越过西伯利亚,来到遥远的欧洲,又从那里越过大西洋,再从美国东海岸穿过美洲大陆,到达"世界尽头"的加利福尼亚,却离出发点的东京似乎更近了的不可思议感。原来这就是所谓的"地球是圆的"啊!

放在过去,隔几年换个地儿的人被说成是"四处漂泊的人""没根的人""流浪者",等等,是人们同情的对象。当今时代,人类迁移变得越来越普遍。没有根不重要,拥有走到哪儿睡到哪儿的厚重眼皮、各种口味都能品尝的舌头,以及无论何时何地都能聚焦的复眼不是更重要吗?现成的共同体有什么好的!我想说:生存,就是依靠自己,借助语言的力量,自己当场创造一个新的共同体!

虽然洛杉矶的市中心特别热,但福伊希特万格的房子位于洛杉矶西部宝马山花园(Pacific Palisades)的山冈上,感觉非常舒服。我抵达当天就打开了房间的窗户,两个月都不用关。不下雨也没冷风进来,不太冷也不太热。对于一直生活在汉堡的我来说,这里的气候就像错收的礼物一样难得,但很快我也觉得没有云彩实在有些单调乏味。写作进展也很不顺利。对我来说,德国北部的冬天日照时间短,是我每年写稿最顺利的时期。坐在书桌前,一面想着今天好想叩拜太阳啊,一面写着手稿尽量不去看灰暗的窗外。大脑自行发电,内心一片光明。一出来语言就是电光火石。写手稿反倒比出去散步更阳光,所以进展非常顺利。

回到原来的话题,刚才我说德国人只用德语创作,但奥地利人和瑞士人母语也是德语,情况却略有不同。奥地利人萨宾·绍尔(Sabine Scholl)在美国生活过一段时间,她告诉我她曾尝试过用英语写作。奥地利人本身可能从更具有相对性的角度看待母语,因为他们的书面语和平常说的口语之间原本就有标准德语和方言的差距。法国人也非常重视母语,但并不因此就不用外语写作。正如德国浪漫派的重要作家沙米索①一样,法国人也有用德语写作的。当然,东欧作家从很久以前就用各种语言写作了。

当然,继续坚持德语写作的德国作家,他们的文本中也有英语等语言的影子。安妮·杜登的作品中,英语或以引语,或以从别处传来的声音的形式出现。在洛杉矶生活超过二十五年的帕特里克·罗斯(Patrick Roth)也是如此。说个题外话,我发现他家书架上书的排列方式非常有个性。我怎么想都弄不明白他是按什么分类方式摆放的。因为既不是按字母顺序排列,也不是按国别、时代,似乎也不是按主题。最后我实在忍不住了,问他是按什么规律整理书籍的,结果他告诉我,洛杉矶大地震时书都从书架上掉了下来,后来匆忙胡乱地放了回去,就一直那样了。灾难之后乱七八糟的偶然体系里很有一种张力。

从纳粹的魔掌逃离到这里的德国作家们,没有理由必须在加利福尼亚州写作,就像是地震中被甩

---

① 阿德尔贝特·冯·沙米索(Adelbert von Chamisso,1781-1838),生于法国,长于德国,用德语写作,德国浪漫主义文学时期诗人和植物学家。——译注

出后又偶然放入空位的书籍。不过，1953年出生的帕特里克·罗斯，第一次来美国留学以后，就一直待在加利福尼亚。当然，这是他自己的选择。在他的《我的卓别林之旅》等书中可以看到，他老早就对电影很感兴趣，说话方式等也完全融入了加利福尼亚，但他创作依旧有意用德语。

也就是说，只用德语创作并不是不向其他文化敞开心扉。即便如此，我总觉得人怎么可能停留在单一语言中呢？所以，看着德语作家，我总是忍不住想：这是为什么呢？寻找答案的旅程才刚刚开始。

在德国的一次朗诵会后，有个年轻人一脸严肃地问我："你是作为德国人写作，还是作为日本人写作？"我有些不知所措。我不太明白"作为哪个国家的人"是什么感觉。我觉得每个人心中都混合了各种各样的文化和语言。

美国的年轻人就与欧洲的年轻人有些不一样。不愧是移民国家，他们落地就生根，迁到哪里哪里就是自己的家，那里的语言就是自己的语言。所以，他们不会问我："你是作为德国作家写作，还是日本作家写作？"而是很轻松地说："你现在在美国，也可以用英语写哦。"即便我说那太难了，一时半会儿哪能做得来，他们也不理解。我这个人确实是日本茶、红茶、咖啡、茉莉花茶、茴香茶、马黛茶（南美洲）、路易波士茶（南非）、肯克里巴茶（塞内加尔），等等，什么茶都喝，不断接纳和融入不同文化我最擅长了，语言却不行。光是会说就已经很难了，要是写小说那么容易，哪用我这么辛苦啊！记单词写小说，一个个木箱搬入仓库式的记忆没什么用，必须新单词和原来的库存血脉相连才行。而且还并非一对一的连接。为此，输入一个单词，整个语言体系就要重组，要消耗大量的能量。所以，不可能轻易就能掌握一门新的语言并用于创作。

此外，我对学习多门外语本身并不怎么感兴趣。我觉得，比起语言本身，两种语言之间的间隙更重要。也许，A语言或B语言的作家我都不想成为，我宁愿在A语言和B语言之间找到一个诗意的峡谷待着，然后沉浸其中。

4　巴黎 多语编织的一种语言

2003年1月，我去巴黎观看"双叟文学奖"①的颁奖仪式。这次旅行是作为我在日本"Bunkamura文化村"获得同名文学奖②的附赠奖品。

11点左右人们才吃早餐，客人们逐渐离去之后，双叟咖啡馆有一会儿很安静。不久，评论家们聚集了过来，边"吧嗒吧嗒"地抽着烟，边端着香槟，推杯换盏的同时开始了交谈。过了一会儿，一位评论家手持麦克风宣布："今年的获奖者是米舒卡·阿萨亚斯（Mischka Assayas）先生！"掌声响起，电话打给了获奖人。等了大约三十分钟吧，获奖人乘车到达，沐浴着摄影师的闪光灯走入了咖啡

---

① Le Prix des Deux Magots，法国双叟文学奖于1933年设立，在双叟咖啡馆举行。——编者注

② Bunkamura Prix des Deux Magots，日本版的"Prix des Deux Magots"，于1990年由东京Bunkamura文化村设立。据规定，获奖者有机会参加法国的颁奖典礼。2002年，多和田叶子凭《球形时间》获该奖。——编者注

馆。最终入围的四个人的作品会出现在请柬上，但其中谁获奖要在当天评定。但是评委们在现场的讨论并不那么热烈，以至于我们这些局外人都随意揣测，其结果到底是内定的，还是一致通过的。然而，在这并不宽敞的咖啡馆里，烟雾缭绕、人声鼎沸，人们挤站在桌子边，每三分钟就响起酒杯被打翻、摔碎的声音，空气里自有一种独特的热烈气氛。如果是在日本或德国，仅仅听说是文学奖这个词，我就会感觉到一种责任感，无法无拘无束地享受。这个巴黎的文学奖和我不相干，所以我玩得很开心。

我在奥迪恩地铁站下了车，信步闲逛，发现巴黎的书店多得惊人。当天晚上我对伯纳·班农（Bernard Banoun）说，德国就没有这么多书店。结果他告诉我，这是因为法国的文化全都集中到巴黎来了，只是看起来多而已。德国到处都有不错的书店，德语书籍的发行量更大，读者群也更广。还有，德国国家和公共机构向作家提供的支持也更丰厚，作家就靠一支笔也比在法国生活轻松。伯纳·班农是图尔大学的德国文学教授，已经把我的两本书从德语译成了法语。

当天晚上一起吃饭的有伯纳·班农，还有威尔第出版社的人,他们出版我的书的法语版。与其他国家出版界的人相比,他们给我一种生活在非常文学性的、自己的世界里的感觉。常有人说,现在是全球化时代,走到哪里都一样,但那天晚上给我的感觉却真的不一样。出版社的人带我们去的是附近一家平民餐馆,从墙上的照片,店主收集的奇珍异品,以及鸭肉和白豆炖的菜肴的色、香、味,盛在漂亮瓶子里端上来的水,大家的穿着打扮、脸上的表情,还有出版社社长提的问题,等等来看,这里都和汉堡绝不一样。我很吃惊,乘一个小时的飞机竟然就到了另一个世界。一个与英语毫不相干的世界。每个人都在说法语。伯纳·班农充当我的翻译,但每两次就有一次面露难色,他先给我知会一下,说要翻译也能翻,就是用德语说听起来很怪,然后他才小心谨慎地开始翻译。他的犹豫在我看来意味深长。我一直觉得,我不是想越过边界,而是想成为边界的居民。所以,在能体验到边界的犹豫时刻,我感觉到了比语言本身更加重要的东西。世界要是被独步天下、浅薄无聊的事务性英语谈话所统治,那就太了然无趣了。我既不是想说英语的坏话,也不是在赞扬法语。我感觉,正因为这种地方特色独一无二、无比奇妙和浓厚,这些瞬间太重要、太宝贵了,我才想要越过边界。

我们的话题从摄影、绘画、语言、电影,转到对犹太人的迫害、革命、多神教等等,谈得正起劲,突然有人问:"哦,对了,你为什么住在汉堡,而不是住在巴黎呢?"我不禁笑了,想起第一次在巴黎开朗诵会,应该是 20 世纪 90 年代初吧,问答环节时,也有人问:"你为什么要用德语写小说,而不是用法语呢?"当时我很吃惊,这问题我在其他国家从来没有遇到过。"你为什么不仅用母语,还用外语写作呢?"的问题很常见,但是回答为什么不用法语写,我就犯难了。后来,一位在场的德国人嗤笑说:"他们是不敢相信你竟会选择德语而不是法语吧?"美国人说"不止德语,你完全可以用英语写啊",和法国人说"干吗用德语,你完全可以用法语写啊"之间,有着决定性的区别。

我最尊敬的德语诗人保罗·策兰①,晚年一直住在巴黎,但他只用德语写诗。说到这一点,我第

---

① 保罗·策兰(Paul Celan, 1920—1970),本名保罗·安切尔(Paul Antschel),德语诗人和翻译家。出生于布科维纳首府切尔诺夫茨(当时位于罗马尼亚境内)的一个德语犹太家庭。早年在法国学医,二战时受法西斯迫害。1948 年移居巴黎。——译注

二次去巴黎是去参加关于保罗·策兰的国际学术会议。之后,学生们带我去了巴黎郊外的保罗·策兰的墓地。终于坐上姗姗来迟的公共汽车,来到了空无一人的墓地,数百枚一模一样的长方形墓碑整整齐齐地躺着。不是站着,而是躺着的一块块墓碑,被夕阳静静地映照着。不知怎的,我的心怦怦直跳。看到一个守墓人模样的男人,我们问"安切尔"的墓在哪里,他立即告诉了我们。众所周知,"策兰"是他的笔名,是真名"安切尔"的变位词。策兰出生于切尔诺夫茨,当时还是罗马尼亚的领土,父母是讲德语的犹太人。他曾说"诗人只能用一种语言写诗",并且直到他自杀为止,一直只用德语——杀害了他的母亲和朋友们的人使用的语言——写诗。他有非常出色的语言天赋,不仅法语说得好,还把曼德尔施塔姆[①]等人的诗歌从俄语翻译过来。东欧是多语言环境,策兰却以德语这种少数人语言为主要创作语言,他的成长环境与出生于布拉格的卡夫卡有相通之处。策兰的"诗人只能用一种语言写诗"这句话时常被引用,但我认为,他说"用一种语言"

[①] 奥西普·曼德尔施塔姆(Osip Mandelstam, 1891—1938),苏联诗人、评论家,阿克梅派最著名的诗人之一。——译注

时的"一种语言"并不是指封闭意义上的德语。他的"德语"中也包含法语和俄语。它们不仅仅作为外来语被融入其中,而且作为富有诗意的构思的图形基础,各种语言还像网一样被搓合编织在一起。因此,把这个所谓的"一种语言"想象成接近于本雅明①在翻译理论中论述的那种,通过翻译这一创作过程,多种语言相互交织,携手并进的"一种"语言,可能更合适。举一个众所周知的例子,在策兰的以"葡萄酒与丧失,两个倾斜"开头的诗中,刚出现"倾斜"(Neige)这个词,突然又出现了"雪"。"倾斜"和"雪"在语义上没有关系,然而,德语中的"Neige"(倾斜)和法语中表示雪的单词拼写完全相同,因此两者密切相关。在词源学上两者没有关系,发音也完全不同,但外观是一样的。我们的潜意识有多少是被这种"偶然的相似性"、词语之间的关系所支配的,读一读弗洛伊德的《梦的解析》就很好理解了。

在策兰那里,相似性不是音韵上的,而是视觉上的。据说欧洲诗歌——具象诗等例外——不是以

---

① 瓦尔特·本雅明(Walter Benjamin,1892—1940),德国哲学家、文化评论者、折衷主义思想家。——译注

文字，而是以声音为中心的。可是，在策兰的作品中，基于图形的而非音韵的构思也随处可见。顺便提一下，策兰的妻子是位法国的平面设计师，她还与策兰一起，留下了诗歌和蚀刻版画相结合的作品。我觉得策兰的诗歌捕获的不止是法语，是不是还有连他自己都不知道的日语等，就像一张神奇的多语言构成的魔法网。关于这一点，我在收录于拙著《只言片语的梦呓》（青土社）的《策兰论》中也有所论述[1]，因篇幅关系，在此不再赘述。

我越读策兰的作品，就越能强烈地感到，所谓的一种语言并非一种语言。所以，我并不是只对多语言创作的作家抱有特别的兴趣。有时候即便不出离母语，就在母语中创造出多种语言，也就说不清"外"和"内"的区别了。

---

[1] 《只言片语的梦呓》为多和田叶子于1999年出版在青土社的随笔集，该书于2007年再版，其中收录了《译者之门：当策兰读日语时》。——编者注

5 开普敦 用哪种语言做梦?

经常有人问我:"你做梦用哪种语言?"听到这个问题,我总是有点生气。感觉像是在说我:"会多种语言,所以真面目不得而知,恐怕一半是谎言,一半是真心吧。"日语中也有"二枚舌"这样的说法,意思是有不止一条舌头,能言善辩多半是个骗子。我感觉就像是被人问:"你的母语是日语不错,但本质上你已经是德国人了吧?""你再怎么会说德语,灵魂还是日本人吧?"或者"哪个才是真正的你自己?"我讨厌"本质上""灵魂"或"真正的自己"这种思维。那些问我做梦用什么语言的人,似乎非要确定哪一个才是真正的我自己才死心。他们似乎认为,人清醒时能巧妙地撒谎,但在梦中,本人的意志不起作用,就会自然流露出"真正的自我"来。

但其实,真实的我自己有很多条"舌头",在梦里也会说很多种语言。不只日语和德语,有时候我梦里还会拼命说英语,甚至还会开心地说波兰语等那些甚至我根本就不懂的语言。我压根不懂西班牙语,却时不时做西班牙语的噩梦。梦里我要在听众面前朗读自己的书稿,但仔细一看,是自己写的书没错,但它却是西班牙语,我根本读不来。我惊慌失措,心怦怦乱跳,额头被冷汗濡湿,呼吸也困难,然后,梦就醒了。德语里有"怎么像西班牙语啊"的短语,意思是"莫名其妙",我的噩梦可能就是源于此。有时候梦把短语按字面具象化了。那这梦就算是我用德语做的吧,是德语短语制造出了梦境的情节。

总之,"你做梦用什么语言?"这种问题太烦人了,所以我用德语写了一本名为《夜间电影院》的小说,小说的女主人公自己也无法理解自己在梦中说的语言。她梦中的语言,不知怎的是一种"错位"的语言,与德语略有相似,但不是德语,而是她没有学过的外语。后来,她偶然结识了一个荷兰人,发现时常在她梦中出现的语言竟然是南非荷兰语。南非荷兰语是定居南非的荷兰人使用的语言,比较独特,在本国的荷兰人听起来,似乎有些陈旧和质朴,而在我听来实在有趣。它类似于德语,有一些地方可以听懂,"错位"的感觉让人以为在做梦,很有意思。例如,有一个形容词是"lecker",在德语中,它仅用于表示食物美味的意思,但在荷兰语和南非荷兰语中它可以用于天气、衣服和人,所以,听起来他们似乎在说"今天的天气很好吃""这件衣服很好吃""那个男人真的很好吃",特别好玩。这部小说的主人公没去过非洲,在那里也没有亲戚朋友。也就是说,本应是"真正自我"的梦中语言来自一个与自己无关的遥远的土地。为什么会这样,原因她本人也不清楚。总之,她决定去开普敦旅行。小说写到这里,为了采访和写作,我于2000年夏天前往开普敦,预计待两周时间。所谓的"夏天"意思是在德国是夏季,而位于南半球的南非是冬季,但开普敦的冬季比汉堡的夏季气温还要高。

在我抵达开普敦的那天,有一架协和式飞机坠毁了。让我吃惊的不是这个事故,而是当我打开电视时,发现十一种语言一个接一个地播报着这条新闻。影像相同,语言的声音则各不同。没想到媒体世界在视觉上如此贫乏,播放的视频一成不变,语言却变化多端。这让我真切感受到了语言承载着的文化多样性。在这十一种语言中,除了英语和南非荷兰语，其他全是我从没听过的当地语言。我听说过科萨语中有弹舌音，但真的从电视上听到时，一开始我都没反应过来，还以为是信号不好发出的噼里啪啦声，我还将天线固定了一下。比如发 k 这个音，口中同时发出"拷"的弹舌音，只观察说话者的脸，你感觉不到两个声音都是从一个人的口中发出的。我按教程每天都自己练习，到最后也没学会。

可是，多达十一种官方语言，今后会如何发展下去呢？这是我第一次到非洲，此前我对这个大陆并不了解，是语言激起了我的兴趣。两年后，我去塞内加尔，我知道，同样是非洲，但由于位置不同，自然一切也完全不同，共同点是我对他们的语言状况都饶有兴趣。

非洲本来有许多小语种，欧洲人来到这里，实行了殖民统治，并强制推行了自己的语言。殖民地时代结束后，随着欧洲人的离开，当地居民对于以哪一种当地语作为官方语言发生了争执。也有这种情况：大多数人认为如果以自己族群之外的其他语言作为官方语言，那还不如用法语得了，就像塞内加尔那样。也能想象像南非那样以多种语言作为官方语言的可能性，但当我真在电视上看到这个现象时，还是很吃惊。这样也没事吗？与此相关的社会和教育方面不会有各种困难吗？我没有资格也没有能力指手画脚，但我觉得，多语言社会不仅仅包含问题，也包含了前所未有的可能性。

语言的多样化现象不能简单地归结为发展中国家的问题。发达国家有许多人深信，非洲有很多语言，是因为文明落后。例如，在德国等国家也有人说："书面语言的统一问题，是在马丁·路德将圣经翻译成德语时得以解决的。这已经是很久以前的事了。现在岂止如此，现在的时代以商业和计算机的语言——英语为世界通用语。因此，最好尽快克服部落之间的语言差异。"他们的理由是，多语言只会成为沉重的负担，如果把很多语言作为一个国家的官方语言，就太不合理了，更不能赢得国际竞争。然而，最近我越来越怀疑，是否可以轻易作这样的判断。

多语言社会的确"难"。德国的官方语言就一种，而实际上它是一个多语言社会。比如，移民的孩子因为语言能力不够，跟不上学校的课程，这已成为一个社会问题。想着到了第二代，问题自然会解决，因而不认真制定对策，然而事实并非如此。

报纸上经常有相关的报道，最新调查显示，在德国出生和长大的第二代移民尽管日常会话没问题，但有相当比例的孩子学力不够，无法接受高等教育。但是，保守派偷换概念，把这说成是移民问题，主张最好不要收容外国人，也是错误的。为什么呢，因为一些统计数据表明，来自瑞典等国的第二代移民学力很强。那就是说，这不是移民的问题，而是国家教育的问题。在日本几乎没有哪个小学教师带的班级里有超过三分之一的学生不懂日语吧？在这种情况下推进教学，只凭以往的教师培训计划是远远不够的。

不过，我也曾在美国读到过一篇鼓舞人心的文章，说这种时代现状正是一种良机。据说有统计数据表明，比较双语儿童和非双语儿童，正常学习时，双语儿童的学力往往较差，但是超常学习时，双语儿童达到的水平要高得多。我既不打算特别盲目相信统计这种东西，也不认为学力这么容易衡量，但我有理由接受这项调查结果。因为，我不是在双语环境中长大的，但是我头脑中的两种语言相互干扰，我时刻感受到这种危机感：如果什么都不做，我的日语会变形，德语会散架。放手不管，我的日语将低于日本人的平均水平,而我的德语也将低于德国人的平均水平。相反,如果我每天有意识地积极在这两种语言中深耕细作,就会发现,由于相互刺激,两种语言都将获得与单语时代无法比拟的精确性和表现力。

即使是小孩,比起只会德语,也一定是会德语和土耳其语两种语言更好。我希望在这方面看到多语言国家的可能性。将语言视为获取技术的工具时,多语言似乎是不合理的,但是如果看到了语言本身的价值,每天都花时间耕耘,从那里出发,就有可能完成一些只是"单语人"的时代无法完成的事情。当然,要做到这一点,必须在教育和文化上花费更多的时间和金钱。否则,本应给予我们丰富性的多语言,反过来会成为累赘。

6 奥会津^① 关于语言移民的特权

"越往日本列岛中心去,山脉褶皱之间的间隔就越窄,平坦的土地也就越来越少。"室井光弘^②先生这样为我和同行的出版社人士讲解。我听着,头一次有了日本列岛就像一个布满褶皱的生物的感觉。室井先生的著作里说,从语言学上看奥会津这一带没有抑扬声调,"桥(はし)""箸(はし)"和"端(はし)"三者听起来没有区别。这么说来,我一下子想到,那"タンゴ"(探戈、たんご)和"単語"(单词、たんご)也一样,"桑巴(さんば)"也是"産婆(さんば)"(接生婆)吧,竟然有了意外的展开。③ 这种思维类似于出生在日本地区、R

---

① 奥会津系位于日本福岛县西部的著名旅游区。——译注
② 室井光弘(1955-2019),日本小说家、文学评论家。——译注
③ 日语中,"探戈"和"単词"发音相同,"桑巴"和"産婆"发音相同。——译注

和L不分的我,由"Brücke"(桥)发现"Lücke"(空白),并进一步展开,从而得出独家结论:在异文化间找到空白可能比跨过桥梁更重要。我自幼习得的发音体系中分不清的两个"单词"(たんご):"单词"和"探戈"紧贴在一起,开始翩翩起舞。并且"接生婆"(桑巴)急忙赶到那里,将要生出一个新的构思。这是语言移民的特权,乍一看很容易,却是处在单一语言内部的人很难模仿的本事。有的人因为嫉妒,死不服软,非要说我这不过是谐音,耍嘴皮子罢了。

据说,任何人出生时都具有听清所有语音并发音的潜在能力。也就是说,学习一种母语意味着扼杀了其他语言的可能性。甚至有实验结果表明,如果只听着日语长大,那么在出生后六个月内就会失去区分R和L的能力。当然,以后重新学习也并非不可能,但就不那么容易了。相反,如果母语是欧洲语言,就会一度丧失听出汉语等语言中抑扬声调的能力,并且记忆汉字这种图形的能力也将越来越迟钝。

新生儿具备说所有语言的潜在能力,这太棒了。但是,一旦保留了所有语言的潜在能力,那就一种语言也说不了。所以，极端地说，学会母语就意味着丧失说其他语言的能力，姑且只留一种。让人觉得有点可惜。长大后想学外语，是不是因为怀念婴儿时期舌头和嘴唇自由自在的活动呢？成年人尽管每天都说很多话，但是一边动用舌头寻找发音部位，一边结结巴巴地大声朗读外语教科书，把它当作舌头的舞蹈艺术不也很有吸引力吗？向各个方向翘曲、伸缩、敲击、呼气，灵活而柔软的舌头。构不成任何意义、只为寻找自由而尽情起舞的舌头。我的内心深处藏着对这种舌头的憧憬。但是，如果真有了这样的舌头，将得不到任何人的理解。所以不得已，姑且假装为舌头半僵硬的单语言人，在和周围人的交流中生活下去。然而，背后难道不藏着对自由舌头的冲动吗？

我曾在汉堡大学的暑期日语强化班帮忙教日语，一名学生对我说"我的头发长了，我要去医院"，我不由得提高嗓门"呃？"了一声。头发长长在德国要去医院吗？我这才发现，"病院（びょういん）"（医院）和"美容院（びよういん）"（发廊）两个日语单词在德国学生那里听起来几乎是一样的。的确，其中的差异很微妙。然而，我甚至从未感觉这两个词很相似。处于单一语言中习焉不察的相似性太多了。

还有许多其他类似的经历。一位学日语的学生说，汉堡也有一家出售"作家"照片和签名的商店，我回答说，德国能有多少文学粉丝，这样的商店应该没有多大利润的吧？可他说这家商店很受欢迎。我很惊讶，但后来我发现他说的不是"作家"（サッカ）而是"足球"（サッカー）。足球明星的照片和球员的签名当然受欢迎，会有人买的。"作家"（サッカ）和"足球"（サッカー）也很接近，只有最后一个元音长短的差异，但对于生活在元音的长短可以区分词义的日语环境中的人来说，甚至感觉不到它们是相似的。此外，我们是一边联想着汉字和假名一边说话的，所以这两个词对我们而言，用清少纳言[①]的话来说，就是"似近实远"。最近由于计算机汉字转换的错误，我有更多的机会去注意这种发音上的巧合，但仅仅是平常说日语的话，则很难注意到这一点。

室井先生找出日语中那些只有从外部才能看到

[①] 清少纳言（966—1025），日本平安时代女作家。——译注

的关联，然后接在一起，纺织成一张不可思议的网。除此之外，他还拾起仅在方言中才有的表达方式或用法，像播种一样播撒在作品中，并培育它们长大。《论"然后"（そして）的用法》中的"然后"（そして）就是一个例子。

奥会津的田地并不像加利福尼亚州的田地那样广阔，但景色十分"浓郁"。在小小的土地上蔬菜挨挨挤挤地生长着。室井先生说："英语中的'研讨会'（seminar）这个词在词源上似乎和'种子'有关联。田野调查（fieldwork）也是庄稼活儿。"原来如此，我们立即连连点头。室井先生与佐藤亨先生共同翻译出版了谢默斯·希尼[①]的随笔集，如果说有一种可以叫作"爱尔兰模式"的东西，它将爱尔兰对英国持有的距离感灵活运用为创造的能源，那么会津可能也是一种爱尔兰，或者说会津兰？

这种情况下，"会津"并不是指回归自己根源的"乡村"。室井先生曾经有段时期在图书馆工作，据说他工作之余曾尝试学习所有的文字体系。通过图书馆这个场所和媒介，重新发现一个地方，那就是

[①] 谢默斯·希尼（Seamus Heaney，1939—2013），爱尔兰诗人。——译注

他自己成长的语言环境。那片"田地"经过实地调查,被耕耘后,结出果实。进行实地考察的,就是这样一位诗意的人类学家。他先去一次图书馆,再从那里回到"田野",不仅阅读文字,还阅读声音、物品、土壤和水。不是因为那里有自己的根源才回来,而是因为那里有一种有趣的文化才回来的。看着室井先生我心里想,那不是为归属感而存在的"故乡",而是一片永远可以不断挖掘的新土地吧。

挖掘方言、寻找语言的工作也涉及语音的领域。人们常说日本东北人的"口が重い"(嘴很重,意为沉默寡言)。我以为这个"重"就是指说话迟钝、不灵活,结果当我第一次听到土方巽[①]于1976年录制的名为"土方巽舞踏谱"的个人独白录音带时,我发现,这种"沉重"可以像钟摆一样,把重量转化为动力,稳步地说话。室井先生说话的方式也有这样的特点。一旦他开始说话,话语像乘着接二连三的节奏不断涌现。而且,不是平淡地绵延不绝,而是同时挖掘上下不同的层次,往前持续推进。

[①] 土方巽(1928—1986),日本舞蹈家、编舞、导演、演员。——译注

7　巴塞尔 越境的方式

瑞士是一个拥有四种官方语言的国家。虽然人口只比东京的一半稍微多一点,却有德语、法语、意大利语和罗曼什语四种官方语言。然而,由于经济上的富裕,瑞士人说"瑞士有四种官方语言"时,听起来就像在谈论精美的装饰品。虽然不是"穷人家小孩多",但是"贫穷国家语言多"这句话也不适用于瑞士。瑞士不像日本一样面临经济危机,也没有德国那样的失业问题。

有一次,我在飞机上看电影,故事背景设置为一个瑞士女人去英国做女仆打工挣钱,这令我很吃惊。如今,从工资又高、就业机会又充裕的瑞士,到以失业闻名的英国去打工赚钱是不可能的事。故事发生的时代不过是一百年前,离现在没过去多长时间。瑞士的现代化和经济发展速度惊人,这一点与日本相似。现代化的速度快,也意味着旧的事物不会完全消失，很容易以某种方式保留下来。

当我第一次听到瑞士山区的牧童呼唤牛群或挤牛奶时"歌唱"的录音时，我吃了一惊。我想，只有生来从未听过西方音乐、从童年起每天只练习与动物交流用的细腻音调的人，才能发出这样的声音吧。那是与当今西方世界绝缘的音阶，从完全不同的地方发声的。而且，在地理上，这个声音是在位于欧洲正中央的瑞士录制的。我听的录音是生活在瑞士施维茨州穆奥塔河谷的人们"唱的歌"。当地人似乎不喜欢这种唱腔被叫作"约德尔"①，确实，它与已成为流行歌曲一部分的、一般的"约德尔"调完全不同。我查了资料，发现实际上所谓的约德尔调是快速、反复使用胸腔和头腔共鸣唱出元音的唱法总称，这在俾格米和美拉尼西亚人的文化中好像也有。其实并非整个瑞士都有约德尔调，瑞士的法语区就几乎没有这种唱腔。总之，这种声音萦绕我的耳畔，我想知道能发出这样声音的人住在欧洲正当中究竟是到什么时候为止的事情，一看录音记录，发声者竟然生于1930年，不是太久以前的事情。在

---

① 约德尔（Yodeling）：源自瑞士阿尔卑斯山区的一种特殊唱法、歌曲。——译注

德国，走在石勒苏益格-荷尔斯泰因州的牧场上，是不可能听到这种惊人的声音的。然而，若是在东京，比如走在充斥着流行音乐的涩谷，如果你一脚迈入能乐剧院，那么能乐演员的那种发声就会突然跃入耳中，完全来自不同时代的新旧文化，共存于同一个城市。在这个意义上，日本和瑞士可能是相似的。

我在各个国家感受到的是，不仅语言不同，连声音也不同。不同的国家，平均的音高不同，甚至感觉连发声法也略有不同。从汉堡坐一个晚上的夜行列车抵达苏黎世，我每次在车站下车，都被全然不同的声音包裹，内心涌出了一种来到了另一片土地的真实感受。虽然我没有在瑞士长期生活过，但是读博期间，我的导师西格丽德·韦格尔（Sigrid Weigel）教授从汉堡大学去了苏黎世大学，所以我的学籍也转了过去，并且在提交论文之前，我曾多次去往苏黎世。从德国坐火车去，靠近德国边境、只有一个小时的车程的小镇就是巴塞尔。

2001年夏天，我在巴塞尔旅居了三个月。在德语区，有个叫"Stadtschreiber"（城镇作家）的制度。就是一个城镇或一个法人团体为邀请来的作家提供数月的住房和生活补贴，请他们在那里工作。

这种补贴以在该地旅居一段时间为条件，因此也会被叫作"Aufenthaltstipendium"（旅居奖学金）。一说奖学金，听起来像是给学生的，但这是给专业作家的。他们的想法是，有价值的文学并不一定好卖，所以国家出资来保护作家。尽管如此，国家并不过问文学的内容。即便间接过问一下，也与日本普通的出版社和报社偶尔过问的程度差不多。

提供旅居奖学金时，有的要求作家写些有关当地的内容，也有的不作要求，作家只管继续目前的工作即可。还有的作家会在当地举行朗诵会、读书会、恳谈会，或者被邀请到高中课堂上等，或者与镇上的人互动，但这些并非义务，不是非做不可。通常，当地报纸会刊登一篇大型访谈文章，将作家的书籍陈列在镇上书店的橱窗里。如果作家在旅居期间完成了一本著作，有时候会在"后记"里，连同日期写上"在巴塞尔"之类的该镇的名称，这对该镇来说是一件非常荣幸的事情。举行这种活动的城镇，反倒是普通德国人从未听说过的小镇居多，如比珀斯多夫、施赖扬和埃登科本等。汉堡郊外的格吕克斯塔特镇也有服务于这个计划的设施。那还是十多年前，当我去格吕克斯塔特拜访朋友时，我第一次了解到这样的制度,这里是君特·格拉斯①把自己以前住过的房子提供出来建成的。

我多次被问到日本是否有类似的制度,但我实在想不起来。出版社有时会提供酒店让作家完成特定作品,作家像"罐头"一样被关在酒店里,但这是一种商业行为,不是文化项目。虽然不能断言商业行为诞生不出好的作品,但是从是否豁达、宽容以及长远的目光来看,"罐头"作家只能甘拜下风吧。

巴塞尔是一个边境城市,与德国和法国接壤,从这里可以步行到其中任何一个国家。这里每年举办一次"ART"——欧洲最大的绘画博览会,是一个美术等文化繁荣的城市。文学氛围也很浓厚,在市政厅斜对面有一所"文学之家"。自从玛格丽特·曼茨(Margrit Manz)担任文学之家的馆长以来,她租用隔壁公寓的房间,邀请作家到镇上待上几个月。这里不是说德语的"Stadtschreiber"(城镇作家),而是用英语的"Writer－In－Residence"(驻场作家)。当涉及邀请谁时,选择很困难,但他们似

---

① 君特·格拉斯(Günter Grass,1927－2015),德国小说家、剧作家、版画家和雕塑家。——译注

乎把重点放在了活跃在德国的外国作家身上。在我之前,已经迎来过亚历山大·蒂什默(Aleksandar Tišma)、赫塔·穆勒①、特蕾莎·莫拉(Terézia Mora)等人。这种情况下,"外国作家"的含义是多样的,这种多样性把当代作家和语言的关系,特别是德语与德国周边国家的关系,像调色板一样展示了出来,很有意思,所以我想介绍一下。

出生于1924年、在前南斯拉夫用塞尔维亚—克罗地亚语写小说的亚历山大·蒂什默,既不在德国生活,也不用德语写作,但是他在德国拥有和在自己国家无法比拟的广大读者,他属于时不时来德国的那种作家。他擅长德语,也经常用德语演讲,但他不用德语创作。这一类作家相当多,比如我爱读的丹麦诗人英格·克里斯滕森(Inger Christensen),以及有日语译本出版的荷兰作家塞斯·诺特博姆②(Cees Nooteboom)等人也是这样。

赫塔·穆勒是罗马尼亚作家,母语是德语,她

---

① 赫塔·穆勒(Herta Müller,1953—),罗马尼亚裔德国小说家、诗人、散文家。1987年移居德国。她以写作德裔罗马尼亚人在苏俄时的遭遇著称,目前她的大多数作品已在中国出版。2009年10月8日获得诺贝尔文学奖。——译注
② 塞斯·诺特博姆(Cees Nooteboom,1933—),荷兰小说家、诗人、旅行作家、散文家。——译注

1953年出生于罗马尼亚的德语区尼特基村，大学期间学习了德国文学和南欧文学，并从事翻译和教师工作，后来因为拒绝与秘密警察合作，失去了工作。她在幼儿园工作等待时机，终于在1987年来到了德国。罗马尼亚有讲德语的少数民族，除了赫塔·穆勒外，还有许多罗马尼亚的德语作家。我曾见过只邀请这类作家的文学节。文学在东欧说德语的小区域蓬勃发展的情况，也许与卡夫卡的时代没有什么不同。

来自匈牙利的特蕾莎·莫拉出生于1971年。在她成年之前，柏林墙倒塌了，她是经历了苏联改革的新一代。她不是流亡，而是移民到了德国，用德语写小说。

由此可见，文学跨越国界的方式各种各样。有时候，即使一个人走出国门，也可能不会脱离母语；有时候，则在走出国门的同时脱离母语。

旅居在巴塞尔时的我并没有走出德语，即便如此我也陷入了如同走出德语一样的困境。虽说瑞士话同样是德语，但和冲绳话一样，仅仅旅居数月是很难听懂的。岂止如此，即便一直和它打交道，似乎也很难完全理解。根据住在弗赖堡的小说家卡尔-

海因茨·奥托（Karl-Heinz Otto）的说法，他出生在德国的施瓦本地区，那里的方言与瑞士话很像，而且他以前一直在苏黎世和巴塞尔的剧院工作，所以他感觉自己能完全听懂瑞士话，但是当他在剧院开会并就一些细节问题进行争论时，他发现自己还是不能百分之百地听懂瑞士话。当然，是否能够听懂某种语言的标准，有的人严格，有的人不严格。认为语言没那么难的人，感觉自己"完全能听懂"，但作家或许就觉得没听懂，因为作家的标准更加严格。即便如此，事实证明瑞士话不仅对我，对德国人来说也很难。

许多人说，三四十年前曾有不说瑞士德语的趋势，但后来人们又开始说了。至少，可以肯定的是，瑞士人似乎为他们自己的德语感到自豪。

我有几次从巴塞尔到格劳宾登州爬山。在火车上跟我攀谈的人中，时常有人不会说标准德语，却会说英语。我想，既然英语说得那么好，学标准德语岂不是很容易，但他们固执地不说标准德语。我和巴塞尔的瑞士人谈到这件事，有人就说，"即使能说标准德语，也只能与德国人和奥地利人交谈。这样的话，还不如在家里说瑞士话，在瑞士以外说英语"。

瑞士也是各地有各地的方言,据说隔一座山,语言就不一样了。我称之为"瑞士德语"的,是从这些方言的共通部分产生的瑞士标准语,所以和那些方言略有不同,但是很多德国人称这种语言为"瑞士方言"。

一般意义上的方言,德国也有不少,如果去乡下,巴伐利亚方言或施瓦本方言,随便在哪里都可以听到。即使我的同龄人,也有人平常说标准德语,一回老家就和父母用方言交谈的。然而,瑞士德语和那样的"方言"不同。我现在还记得,很久以前,在苏黎世理工学院教文学的作家阿道夫·穆西克①先生邀请我去朗诵会,他和其他教授用瑞士话交谈,当时我恍然大悟地想,哦,这样啊。在德国的大学里,教授们哪怕来自同一地区,彼此之间也不可能用方言交谈。

虽然有人会问"用瑞士话可以毫无困难地谈论自然科学和政治经济学吗?"这种愚蠢的问题,但是读了瑞士人撰写的论文,你会发现,这样的事情不

---

① 阿道夫·穆西克(Adolf Muschg, 1934—),瑞士的德语作家和德国文学研究者。——译注

是理所当然的吗?瑞士德语不是仅限于私人生活领域使用的方言,而是一种也可以讨论政治和学术的语言。可能最重要的是,它是一种向德国主张自我的语言。

而且,由于这种语言是德语,所以它也成了瑞士国内的法语区和意大利语区之间的壁垒。例如,在巴塞尔或苏黎世举办文学节,聚集过来的只有德语区的瑞士人,法语区的瑞士人会去巴黎。用各种语言撰写的文学很少被统一地看作单一的"瑞士文学",所以就文学而言,瑞士在国内拥有多个"国"界。当然,不仅仅是文学,经济富裕且保守的瑞士德语区和其他语言区之间有一道无形的墙。例如,由于德语区瑞士人的反对,瑞士没能加入欧洲共同体,法语区的人们为了表示抗议,搬出了很多椅子,在路上设置路障,让无形的国内边界一时间变得可见。德语区的瑞士人想通过作为独立的中立国在经济上享受更多的好处,法语区的瑞士人则想,如果能在法国自由就业,那该有多好。顺便说一句,据说瑞士的法语在法国人听来似乎也没有太大的不同。

巴塞尔是一个非常宜居的城市。据说居住在德国的"外国人"占总人口的百分之十,瑞士比这更多，我在巴塞尔经常能看到印度裔或非洲裔的年轻人。或许是心理作用，我总感觉他们看上去非常放松，这里既没有外国人在德国有的那种紧张感，也看不到有新纳粹①主义氛围的人，另外从氛围上也能知道，镇上的人们对外来者也不会感到有任何威胁。在这个意义上，旅居这里很愉快。但是，在等市内电车时，即使我使劲去听旁边站着闲谈的人说的德语，但因为他们说的是瑞士德语，所以我也完全不知道他们在说什么。这座城市面向世界开放，面向欧洲封闭，夹在这两者之间，我时不时地感到有些困惑。

---

① 新纳粹（Neo-Nazism），第二次世界大战后寻求恢复和复兴纳粹主义意识形态的激进的社会和政治运动。——译注

8　首尔 被强加的出离母语

2001年3月,我应歌德学院(德国文化中心)的邀请去了首尔。韩国对德国的关注度很高,据说韩国是在德国之外德国文学研究者数量最多的国家。尽管如此,我也听说这种兴趣最近有逐渐降低的趋势。

除了我,还有分别来自德国、瑞士和奥地利的作家苏珊·加泽(Zsuzsanna Gahse)、萨宾·绍尔和研究者迈克尔·博勒(Michael Böhler)等人。以"跨文化"为主题,一连数天举办了朗诵会、专题讨论会、讲演、与学生一起进行的工作坊等。

当东欧和美国的德国文化机构邀请我时,我会无所顾忌地欣然前往,但首尔我一度想拒绝。想去倒是想去,我就是担心韩国方面本来因为好不容易有德语作家从德国来而开心的,结果来的却是日本人,他们会不会失望。然而,我完全想错了。韩国的德国文学研究者、作家、作曲家和学生们非常热诚地希望和我交流。大家使用的语言主要是德语，但在这里说德语时身体的感觉各不相同。我能感受到听众们切实的身体温度。大家脑袋凑在一起讨论时、一起吃饭时、去会场时、等公交车时，我感动地想，这就是所谓的众人身心和大脑在一处，共享同一时空的感觉啊！活动结束离开首尔时，我甚至感到离别的痛苦。当我因工作出国时，无论多么美好的地方，离别时我都很少会感到悲伤，韩国是唯一的例外。

小组讨论时，观众席中的一位学生，对小组成员之一的作家朴婉绪①女士提了一个问题："影响您的外国作家都有谁？"朴婉绪女士列举了以陀思妥耶夫斯基和巴尔扎克为首的一些欧洲作家的名字。结果，那个学生一脸纳闷儿的表情，再次举手问道："您全然不读日本文学吗？"这次是朴女士满脸惊讶地回答说，你问的不是受到哪些外国作家的影响吗，我们这一代人不觉得日本文学是外国文学，我们年轻的时候被强制读日语，不让读韩语，所以陀思妥

---

① 朴婉绪（1931—2011），韩国女作家。——译注

耶夫斯基等欧洲文学也全部读的是日语译本。

我总是谈论走出母语的乐趣，但当我来到一个在历史上因为日本人被迫走出母语的国家时，"exophony"这个词突然就蒙上了一层阴影。只要强迫他人走出母语的责任没有明确，那么宣讲"exophony"的快乐也一定是不可能的。

韩国给我的印象是：因为夹在中国这个文化巨人和日本这个侵略者之间，所以韩国想要彻底地谋求自己语言的纯洁性。被排除的对象不仅有日语，汉字也被排除在外。对于我的提问："不使用汉字只使用朝鲜文字，那典籍和学术著作就无法阅读了，不会不方便吗？"一名学生回答说："但是，要想排除中国文化的过度影响，就不能使用汉字啊！"诚然，继续使用汉字的话，就无法从中国文化的巨大伞盖下脱身。

我迷茫了。我觉得，什么语言的纯粹性、文化的纯洁性，是根本不可能的，完全就是自己欺骗自己。但是，日语中的汉字词和片假名也太多了。不负责任地放任自流是否会导致语言的自由改变？我没有把握。一般来说，外来语并不是任意进入的，而是有人有意识地引进来的。我们不知道他们是谁。如果出现管制外来语的动向，我是赞成还是反对？

我还是觉得管制不好。但是据说法语等语言为了不让来自英语的外来语增加,而实行管制。相比之下,日语中充斥着完全没必要的外来语,就像因为冲动购物而变得狭窄又混乱的公寓房间。不需要的东西不买不好吗?"作为以时尚的成年女性为ターゲット(目标)的、ライフスタイル(生活方式)的トータルブランド(总品牌),在上个シーズン(销售季)デビュー(首次亮相),这一次将是第二个コレクション(系列),我们将在丸之内地区新オープン(开业)的ショップ(店铺)展销该コレクション(系列)。黒シープレザー(羊皮)シャツ(上衣)、ベルベット(天鹅绒)的シャープ(颜色鲜明)的スーツ(西装)和コート(外套)、广开领和ドレープ(波状边)充分的ドレス(女礼服)等等,揭晓了使用上好布料制作的シンプル(简洁)、优雅的スタイル(风格)",像这样的句子非常普遍。片假名外来语的词语中最多的是商品名称和修饰它的形容词,这只会让人觉得不过是为了利用消费者崇拜内容不详的外来物的愚蠢心理销售新产品,才引入外来语的。"ズボン"(西裤)等好不容易用了很多年,类似于"ずぼら"(吊儿郎当)和"すっぽん"(甲鱼)

的古风发音，开始变得有趣的词语却又被擅自改称为"パンツ"（西服裤），等等。百货商场的西式日用品部门使用这样的词语随他们的便，但是后来，连小说也得这么写了，不然就让人觉得奇怪。小说家为什么必须遵循百货商场的用词方针呢？

日本作家中非常有意识地使用片假名的，是富冈多惠子①女士吧。她把通常不用片假名写的词语刻意用片假名写，从而将其拆解。当"コトバ"（词语）写成片假名时，它从重压下解放出来，还增加了神秘感，带有了萨满教的面貌。例如，拿她的《起伏的土地》这本小说来看，"カタギ"（正经人）写成片假名时，它从羁绊中解放了出来，"ツッケンドン"（生硬粗鲁）变得有点像拟态词，很有趣，"ステキ"（了不起）或"スキヨ"（喜欢你）从俗语口语堆里被打捞起来，登上舞台，开始唱歌。而拥有用片假名书写的"アタマ"（头）、"フトモモ"（大腿）和"ヘントーセン"（扁桃腺）的人类既像一个机器人，同时也栩栩如生。这不是崇尚外来事物而使用片假名，而是激活由来已久、濒临消亡事

---

① 富冈多惠子（1935—2023），日本小说家、诗人。——译注

物的生命力而使用片假名。读着这本小说，我想，我们不能因为讨厌外来语令人不舒服，写小说就排除片假名，相反，我们只能通过最大限度地发现片假名的可能性，来做点什么。

就文字而言，汉字和片假名早已不再是文本中唯一的外来部件。文字里混着拉丁字母的小说也出现了，比如水村美苗①的《私小说：从左至右》。即使是通常只用日语写的小说，像 CD 和 T 恤等等，也还得是用拉丁字母，否则没法写。有意识地引入拉丁字母是有意义的，但我非常抵触只有 CD 和 T 恤这些无关紧要的词用拉丁字母书写。这可能是因为我住在德国的缘故吧。我不喜欢当我的朋友看到我的日文书时，只有那些无关紧要的单词作为他们唯一读得懂的文字凸显出来。他们的目光也成了我自己的目光。所以，我小说中的人物既不能穿 T 恤，也不能听 CD，很不方便。或者相反，还有一个招数：进一步多多地引进拉丁字母。这样就不必担心只有 CD 和 T 恤引人注目了吧。

我想，如果日本没有对韩国犯下政治罪行，或

---

① 水村美苗（1951—），日本女作家、文学评论家。——译注

者至少承担了责任,那更加聚焦于语言本身的语言交流本来是可能的。就目前这种状态,我很难就韩国写些什么。我发现,我越是写与日本关系不大的国家,我越能随心所欲。所以,我一直写不出来的这本书,好像就是在开始写塞内加尔那部分时,进展才突飞猛进的。不负责任不是件好事,我却不负责任地写了塞内加尔。对于韩国,我感到了责任,无论我写什么,都会觉得是自己欺骗自己。这并不仅限于语言问题。例如,被问及对韩国的印象,我会老老实实地回答,在韩国,我感觉人们的热情和求知欲比其他任何地方都强。当我看到其他日本人去其他亚洲国家并轻率地写出"热情"或"生气勃勃"等词语时,我不禁苦笑。可猛然间我发觉自己偏偏也在做同样的事情。

2002年6月,特里尔大学举行了一次研讨会,主题是"比较德国媒体中的土耳其人形象和日本媒体中的亚洲人形象"。听了发言后,我了解到,最近日本电视上日本以外的亚洲国家的人频繁登场,他们的形象被赋予了"仍然拥有如今日本人已经失去的热情和活力"或"重视家庭纽带和友谊"的理想化定义。另一方面,日常生活中,认为在日本的亚裔外国人多半是非法入境，要么是小偷，要么就是黑手党的偏见却普遍存在。被理想化的形象和因为恐惧和轻蔑而被扭曲的形象，都是偏见这同一枚"奖章"的正反两面吧。对于被挂上奖章的"冠军"而言，这可真是极大的困扰。

同样在欧洲，自古以来，欧洲文明以外的人，即所谓的"野蛮人"，也是两种形象并存：残忍、恐怖的形象和纯真无邪的可爱形象。而且，欧洲确认自己二者都不是，自己给自己盖上"文明人"的图章。现在的日本人不是在做类似的事情吗？日本人给其他亚洲人贴个"仍然拥有自己曾经拥有的温暖人性的落后人群"的标签，实际上，不就是只想确认自己已经成了冷漠的发达国家的人吗？还有，日本人承认的不是自己所做的殖民侵略、破坏和杀戮的事实，而是别人的"温暖人性"，不就是想以此来偷偷地消除自己的罪恶感吗？

离别当天，首尔机场的公告牌上显示了许多飞往东京的航班名称和时刻。因为我没时间去日本，所以当我一边用余光看公告牌，一边去搭乘飞往巴黎的航班时，去不了东京的落寞和幸好不去东京的庆幸，两种心情微妙地掺杂在一起。

9　维也纳 排斥移民语言

奥地利很看重作家,所以我来这里心情很好。而且,感觉他们的理念不是日本常见的"畅销即王者",而是不畅销才更了不起。但这只限于和文化工作者在一起,一踏进闹市区,情况就不一样了。我心情愉快地离开了维也纳的艺术史博物馆,相机电池耗尽了,我想穿过环形交叉路口去买,却脚踝一扭摔倒在地。眼看着绿灯就要变红,我一着急想跑过去,却疼得跑不动。万幸的是,那一瞬间没有汽车驶来。我拖着疼痛无比的脚踝,坐到面对草坪的路边长凳上,无意中发现长椅上竟然密密麻麻地画满了纳粹万字符("卐")的涂鸦。坐在这样的长椅上,自己也太惨了吧!可是,长椅只有这一处,我又疼得走不成路,只能在那里忍耐一段时间。这简直都成了一幅讽刺画。我坐在画满"卐"的长椅上,是因为我来自曾经的纳粹的同盟国,还是因为我长着非雅利安人的脸，所以在当代奥地利可能是遭受迫害的一方？亦或者，通过现在待在可能受迫害的一方，从其实自己属于迫害者一方的苦闷中稍微解脱了一下？总之，这是一幅悲惨的滑稽画。

从几年前开始，一些欧洲国家出现了极右翼政党通过标榜排斥移民政策来拉拢选票的现象。这种倾向就像潮水一样，刚刚退去就又涨上来，让人觉得是不是在向海岸线逐步逼近。奥地利也是这样的国家之一。2002年我受邀参加"三月文学"节，时隔一年再去维也纳时，史上闻所未闻的奥地利移民法成为一个热门话题，该法律要求入境奥地利一定年限的外国人必须参加德语考试，如果考试不及格，则驱逐出境。乍一听，貌似是重视语言的正经政策。但是，来外国工作的成年人，除了对外语相当感兴趣的以外，打工的、做生意的大家都忙得要命，很难去认真学习语言。在德国，无业的流亡者和难民，在最初的几个月里有用国家的钱上语言学校的权利。我觉得，有权利学习外语是件好事。有义务学习外语也勉强可以接受。但是，考试不过就轰出去，则不过是驱逐外国人政策的假面具罢了。走出母语是移民的权利，但不是义务。特别是强迫一个因政治原因不得不流亡的人放弃母语去使用另一种语言，这本身就很荒谬。我认为，接受流亡者意味着连同他们的语言一起接受。

不仅如此，更深刻的问题在这一政策的根底流动。那就是试图排除"不正确的"母语的想法。海德尔①等奥地利保守派，正在试图将现代艺术作为对普通民众无用的颓废艺术加以排斥。这与纳粹的文化政策如出一辙。特别是在奥地利，实践型文学虽然很繁荣，但文学家们的激进和"普通"人的艺术观之间，隔阂似乎比德国要大。在德国，文学家和其他人处在同一个世界，同处围绕战争责任的政治意识中。因此，虽然实验文学不如奥地利繁荣，但即使阅读现代文学稍有难度，读者群依然很庞大。

每次去奥地利，我都有切身体会，诗人们"自嗨"，与其他公民毫不相关。我每年至少去奥地利两次，朗诵会上即使连续朗读一个多小时晦涩费解的散文诗般的文本，也不会有人抱怨。因为不想听这些东西的人压根就不会来。要放在德国，因为读者层广泛，来的人形形色色，所以假如只朗读这样的

---

① 约尔克·海德尔（Jörg Haider, 1950—2008），奥地利政治家。——译注

诗歌，就会有人质疑"净写些梦幻故事，打算如何制止现在即将发生的战争？"，或是"文学打算如何应对同时发生的多重恐怖袭击？"，等等。德国人的这种政治中心主义让我目瞪口呆，有时甚至会怀念起奥地利来。据日本的一位德国文学研究者说，目前奥地利在某些方面的情况与20世纪30年代的德国类似，是很危险的。20世纪30年代的德国，从艺术活动来看，倒是做了很多比现在还前卫和有趣得多的事情，却无法制止冲向法西斯主义的政治。

最近，我在电台上收听了1977年制作的恩斯特·詹德尔①的广播剧《人文主义者》。詹德尔是一位奥地利诗人，于2000年6月去世，享年七十四岁，他是玩文字游戏首屈一指的人物。他的朗诵会上，作家和诗人们蜂拥而至，人数空前。一般纯文学的朗诵会，来个三五十人都很正常，如果是特殊的文化节等，有时会有上百人，但遇上詹德尔，据说经常没个三百座就不够。他的作品实在是赏心悦耳。

《人文主义者》特意排列了让人以为是所谓的劳工者德语的句法结构，突显了其表现力的可能性，

---

① 恩斯特·詹德尔（Ernst Jandl，1925—2000），奥地利前卫诗人。——译注

以及将其作为"坏德语"试图压制的、让人揪心的语言法西斯主义。这部广播剧告诉我们：并不是说移民劳工们的语言就好，而是语言只有通过破坏才能获得新的生命，而且这种破坏不能交由历史的偶然性，艺术要用艺术的方式打破。有的人觉得文字游戏是闲人的消遣，但实际上，文字游戏正是走投无路者、被迫害者积极抓住的表达的可能性。

10 汉堡 寻求声音

我平常总是去别的城市,很少有时间待在汉堡的家里。手稿在火车上或酒店里写。偶尔在家里连续待个十天左右,我就会产生深深的眷恋,啊,住在家里真是太好了。别人问我欧洲的城市中汉堡是不是很好玩,我不知该怎么回答。柏林肯定更有趣吧?但毫无疑问,汉堡对我来说是一个很特别的城市。自1982年我离开日本到德国以来,我一直住在这里,所以走在街道上,在公司工作的时光、上学期间的经历等等,各个时期的记忆重叠在一起,的确有"住在这里"的实感。最近,多了不少像我这样不断游走于各个城市的人。杂志中登载了对他们的调查问卷,对于"所谓自己的城市是什么样的城市?"这个问题,有人回答,"是有我认识的牙医和理发师的城市"。也有人回答,"是停有自己的自行车的城市"。确实是这样,我想。

在家的时候,我上午写稿子,下午去散步,或者办点杂事。有时候只是懒散地听听收音机或 CD。更多的时候可能听的不是音乐,而是有声书。

最近,不少书店也开始出售各种光盘。不仅有古典文学朗诵卡带,还有其他如口语诗(Spoken Poetry)、广播剧、作者朗诵、与音乐家的联合演出等,各种各样。当然,实验性的声音艺术并非最近才有,其实在激浪派(Fluxus)运动时代更为繁荣。听亚普·布朗克斯(Yarp Bronx)的 CD,能嗅到那个时代的气息。

布朗克斯的朗诵作品是 20 世纪 70 年代的,他演绎的作品更早,是 1916 年雨果·巴尔①等人写的。压卷之作朗诵的是达达派艺术家特里斯坦·查拉②的作品《喊叫》(BRÜLLT),布朗克斯重复了这个词有四百一十遍。德语字母 b 和 r 本来就隐藏着可怕的振动和爆破音,第一遍开始他就几乎喊破喉咙了,你以为是极限了吧,但远远没有结束。反而是听者受不了了,一边暗暗祈祷尽快结束,一边

---

① 雨果·巴尔(Hugo Ball, 1886—1927),德国作家、诗人,并且实质上是 1916 年苏黎世欧洲艺术达达运动的创始人。——译注
② 特里斯坦·查拉(Tristan Tzara, 1896—1963),罗马尼亚裔法国前卫诗人、散文家和表演艺术家。——译注

又想听到可怕的东西，无法下定决心关掉，就一直忍耐着。然而布朗克斯还没有停止尖叫的意思，他拼尽全力嘶吼着，让人担心这样下去会不会死掉，可还没有结束。原来声音竟然如此惊人，我再次佩服得五体投地。我甚至开始觉得自己平常不假思索就毫无波澜地说出"叫ぶ"（大喊）、"喚く"（呼唤）和"怒鳴る"（怒吼）这些词太可笑了。

这种激烈的朗诵也很有意思，但现代也有一些安静但令人印象非常深刻的东西。例如，听丹麦诗人英格·克里斯滕森朗读自己的诗歌，觉得就像被施了魔法。又如，芭芭拉·科勒（Barbara Kohler）或奥斯卡·帕斯蒂奥①的朗诵也并不华丽，但文字游戏的片段通过声音清晰地呈现出来，与阅读文字时浮现出的画面截然不同。

声音化的诗歌，与诅咒、祈祷、谈话、戏剧、演讲、歌谣等各种世界相交。侧耳倾听从扬声器中传来的各种声音和各种语言时，我时常会想起"母语者（native speaker）"这个词。

日本的初中、高中英语课上，偶尔会让学生听

---

① 奥斯卡·帕斯蒂奥（Oskar Pastior，1927—2006），罗马尼亚裔德国诗人和翻译家。——译注

母语者的原声磁带。那声音必定来自录音机。所谓原声就是机器的扬声器。也许是因为这个原因，即使是现在，有时候我仍然能从磁带里感受到来自远方的人声的神秘。录音机最好是机器性能差的那种。磁带最好是夹杂着"滋滋啦啦"声的、时断时续的那种。

我以前一直以为语法是通过文字来学习的，只有在会话练习时才用到声音，然而似乎并非如此。语法也和声音有很大的关系。小孩子在学习文字前就习得了语法。他们是通过韵律来掌握语法的。儿童似乎通过韵律就能感知词序，可分动词、冠词等语法的关键点。成年人在一定程度上也可以做到这一点：某处仍然留有像八分音符那样的位置，感觉上如果不放入某个介词，节奏就合不上了。

我以前写了篇随笔，谈论德语单词"es"（相当于英语中的"it"）的不可思议性，有位住在瑞典的名为班特·桑德伯格（Bengt Santberg）的语言学家，读了我这篇文章后，寄给我他的一部著作。他在书里写到，"es"有的用法常常从语义学角度完全无法解释，非常奇怪。当仅从语义角度作文时，偶尔会出现空白，而又不能把这空白当作休止符，所以有时会放入"es"。我的概括过于简略,从语言学的角度来看可能存在异议,但从个人感觉来说,我能理解"这个地方如果不放入一个词,就不对劲"的语感。

这样说来,儿童当然不用说,成年人在一定程度上也可以通过大声朗读文本"掌握"(日语字面意义为"穿在身上")语法。

还有,掌握语法,另一个和韵律一样重要的是情感。我记忆力差,一直苦于记不住新单词。但是我发现,如果我在说出某个词语的瞬间动了感情,我马上就能记住它。非常生气地说出口的单词,我一辈子都不会忘记。一些句子中出现的,说出口时让我非常开心的单词,我也不会忘记。心中有波澜,单词就能铭刻于心。小孩子情绪波动大,也不懂如何疏解,有想要的就要立刻得到,伤心就哭。或许剧烈的情绪波动有利于记住单词。

例如,日语中动词加接续助词"て",理论上很难记住。我记得教日语时,学生们在这点上很是辛苦。"書く"(写)变成"書いて","買う"(买)变成"買って"。为什么小孩子能够记住这么难的动词变化呢?我觉得不可思议,但是仔细一想,"て"

与撒娇时的"て"形式相同,孩子们可有练习的机会了。而且,它与原始欲望联系在一起。"ねえ、これ買ってぇ!"(不嘛,就要买这个!)或者"あれやってぇ!"(做那个!),我想,他们是在不断地撒娇中记住的吧。不是改变动词的基本形,而是将带"て"的动词式原封不动地记住。而且,这种撒娇的"て",即使多年后用于接续的意义,一不留神也会以幼儿式的韵味出现。女生(也包括男生)语言中"だからあの服買ってぇ、着てみてぇ、気に入らなくてぇ、またお店に戻ってぇ"(因此我买了那件衣服呀,试穿了一下嘛,不喜欢啊,就又退了呢)的嗲味儿或许源于此。

我在家时,晚上经常收听广播。电视一个月大约只看一次,这不仅是因为与电影相比,电视图像粗制滥造,令人难以忍受,而且还在于,台词完全没有刺激性,好像只是拿起地毯胡乱拍打,尘土飞扬、躁动不安。

国营广播的电台节目就丰富多了。广播剧、纪录片、文艺述评、戏剧评论、画展介绍,以及简短介绍和比较第二天各种报纸(包括法国和意大利的报纸)对同一事件如何报道的节目、文学作品朗读、对当代音乐家的采访和作品介绍等等，不一而足。我最喜欢的电台是"德国电台"的柏林台。过去，北德广播也很好，但最近不知是否因为缺乏预算，内容越来越单薄，净播放 CD 糊弄人。在德国，广播对文学传播起着重要作用。

阅读诗歌和小说，需要有将语言画面化的能力。我觉得电台文化让我们通过听觉最大限度地发挥出把语言画面化的能力。所以，很多喜欢看书的人喜欢听收音机，不喜欢看电视。

我是 1982 年到汉堡的，当时我的听力应该与现在不同。我虽然在日本学了德语，但是听力能力并不强。如果借助字典，我可以进行高难度的阅读，语法和单词也能懂，想说的话也会说，但就是听不懂对方的话。这和婴儿正好相反。婴儿看不懂书，也不会说话，却能听懂别人的话。我自己单方面构造的句子即使语法上没问题，也只是理论上组合出来的，其中缺乏韵律的流动。慢慢地，我的听力越来越好，越来越容易听懂对方在说什么。我想，这不仅仅是因为可以听懂各个单词和短语，也是因为能在整体上把握韵律流动的缘故吧。

例如，如果声调仍然上扬，就说明句子还没有结束。除了这种简单的旋律问题外,断句也能从节奏上把握。主句有主句的旋律,从句有从句的旋律。在一个句子当中,必定有一个单词强而慢地发音,它成为语义中心。其他单词则轻而快地带过。换句话说,句子结构在某种程度上体现在句子的旋律中,如果你能在音乐上听懂它,就像拿到了平面图后行走在一座大型建筑里。

走到母语之外,也许就是将自己置身于异质的音律之中。所谓"Exophony"就是倾听新的交响乐(Symphony)。

长年在一片土地上生活,话说得越多,说话方式就越接近母语者,"口音"逐渐消失。然而,消除口音不是外语学习的目的。倒不如说,依旧重视口音,可能更为重要。读了田中克彦①先生的《克里奥尔语和日语》一书,书中,强调了"说话有口音"的重要性:"不仅是发音,如果没有思想的异质,那就压根不用学习法语。而且,虽然微不足道,但说话有口音是为世界思想和人类文化做出贡献的一种方式。"

---

① 田中克彦(1934—),日本语言学家。——译注

前些时候，在回汉堡的火车上，车窗开着，即使是夏天，穿堂风也很冷。旁边的人说把窗关了吧，以此为契机，我们就天气等进行了轻松的交谈。那个人钦佩地说："你根本没有口音啊。"我听了只有苦笑。和不打紧的人聊不打紧的事，口音就会消失。但是，自己动脑思考，并试图认真地说出一些话时，口音就会出现。朗读自己写的诗歌或散文，口音本身甚至成为节奏的重要组成部分。

文学创作并不是将平日听来的词语以某种方式接在一起加以重复，相反，它意味着拓宽语言的可能性。这样一来，记忆痕迹被大量激活，古老深层的母语，就会使当前使用的语言变形。

因此，我搜寻自己认为合适的德语节奏写作，而在朗读这些句子时，会偏离所谓很自然的日常德语。我的德语文章常被说是普通、易懂，但在某些地方它又确实不"普通"。首先，它源于我这个个体在这个多语言环境中吸收积累的语音体验。在这里，试图消除口音或发音习惯是没有意义的。倒不如说，在现代社会，个人的语言面貌就是在多种语言相互影响下变形和共存的产物，试图消除这种共存和变形本身是没有意义的。相反，追求这种发音习惯带来的结果，对文学创作更具有价值。

我曾跟汉堡的一位专家学习了大约半年时间，分析自己的发音。这位专家致力于训练口音重的演员，让他们能在需要时自如地说一种方言。先全面分析发音习惯。例如，我发现我的发音整体单调，强弱不分明，当我试图重读一个单词时，我不是重读，而是会提高语调。我想这可能与我的母语是日语有关。英语也类似，但在德语中，读"我昨天去柏林了"时，相比其他词要重读"柏林"（当然，回答什么时候去柏林，要重读"昨天"）。然而，和日语的情况不同，重读并非提高声调，而是将需要强调的单词的音节读得强而慢，其他单词则要读得轻而快。用这种方式读日语的话，就不够优雅。日语需要不慌不忙地、用均匀的力度和速度读，否则会显得急躁不安。

德语中我唯一喜欢重读的单词是"nicht"（相当于英语中的"not"），但除非特殊情况，这个词是不应该特别重读的。据说，即使不重读，它也会推翻整句话，自然地突显出来，如果特意重读，反倒显得奇怪了。尽管如此，对我而言，这个词是唯一一个我在重读时会感觉愉快的单词，实在令人遗憾。

当我仔细思考我这种"口音"的特质时，我发现它与我的写作风格有着密不可分的关系。其余单词都均等地、没有层次感地线性排列，只有否定部分快意地弹跳起来。与其矫正这个"口音"，莫如积极地去打磨它。

在分析我自己的口音时，我还发现以下情况。念日语的"ぼんやり"（模糊）的"ぼ"时，上、下唇间爆破的力度，比念德语的"Buch"（书）等单词的"b"时要弱得多。因此，我发德语"b"时较弱。此外，日语的拨音"ん"是语末喉咙深处的声，但是德语中"n"结尾，只闭喉还不够，必须舌头抵压上颚。还有，"u"比日语的"う"开口度大，发音也重得多，接近于日语中的"お"。仔细观察，每个听来一模一样的声音都是不同的。听得出的人听得出，听不出的人则听不出。我拼命倾听这些差异，有时像演员一样充满激情。这不是因为我想去除自己的"口音"，而是我想了解母语之外的声音，想亲自体验不熟悉的发音。出于对对方的好奇心而学习的外语，不是"模仿"，而是一种学习轨迹，它与"乡音"共同演奏。而且，这种二重奏的平衡不稳定，一定会不断变化。

我前些日子在汉诺威结识的一位歌剧女高音歌唱家说，虽然她成为职业歌手已多年，但她还是时常会去找一位老师，帮自己从外部审视发声。她唱着唱着，会有一些新的坏习惯出现。我朗读时也经常有类似的经历。有时候，之前驾轻就熟的音突然不会了，费劲学会的却走形了，还有的时候，我不知不觉学会了之前觉得绝不可能的发音。特别是当脑子里有两种语言时，或许是由于彼此的平衡不稳定，发声体系就会不断变化。

11 盖恩斯维尔 世界文学分类再考

2002年春天,我在佛罗里达州盖恩斯维尔的佛罗里达大学做讲座,有人提问:"据说,在日本,文学被划分为日本文学和世界文学。您怎么看待这种划分呢?"看来提问者相当了解日本的情况。我在日本时,一点儿也没觉得将文学全集分为日本和世界两类的这种划分有点奇怪或不可思议,但是被他这么一说,仔细想想,确实奇怪。按照这种分类方式,日本不是世界的一部分,而是在世界之外。

德国的分类方式稍有不同。例如,有一套现代文学辞典,将当代作家的信息以文件夹的形式不断添补,分为德语文学和外语文学。不是日本和世界,而是德语和外语,这一点与日本不同。如果说成德国文学,那么奥地利和瑞士就不能包括在内,而且会出现那些用德语写作的土耳其人、捷克人以及其他许多人的文学作品怎么办的问题。顺便说一句,我写的小说中，既有德语作品，也有日语作品，阿尔布雷希特·克罗珀（Albrecht Kloepfer）先生和松永美穗女士共同为我的这些作品撰写了解说。我想知道我会被收录在哪边的辞典中，于是询问了辞典的编辑，结果说是，只能两边都登吧。所有的分界线都是为了被跨越而存在的。

最近在俄罗斯出版了一本当代日本文学选集，选集分为两卷，名为"OH"（他）的一卷收录男性作家的作品，名为"OHA"（她）的一卷收录女性作家的作品。这又是一种"分类"。很多日本书店都采用这种划分方式。女性作家与男性作家的写作方式不同吗？我在汉堡大学时常常听到这种讨论，所以感到十分怀念。然而，俄罗斯出版的这本选集，设计得非常时尚，给人感觉更像是将男性作家和女性作家分开，就像百货商店里男装和女装分隔开一样，不完全是出于社会性别（gender）理论的分类。说到这儿，最近中国出版的丛书名称也是"中日女作家新作大系"。如果文学的分类已完全从国别转移到了性别，说不定那倒也很有意思，但好像并非如此，它是在"中日"这个界定下加了"女性"这一限定。

由于"gender"（社会性别）不是生物学意义上的性别，所以大学里的讨论从"女性文学不同于男性文学"变成"即使是男作家的作品，从'gender'上说，也可能是女性文学（而且，我们当时把自己喜欢的作家的'gender'都归为'女性'，管他是克莱斯特还是谁）"，结果问题还是没解决。后来，又出现了一种强烈的观点，认为不能完全忽视生物学上的性别。最后，我自己得出了一个一般性的见解，即"生物学的性别和社会学的性别都不容忽视，但无论哪种性别都不能用来限定作家"。

德国有一个派别叫移民文学。我也用德语写作，有时候也被看作移民文学作家。接受采访时经常被问及："您被称为移民文学作家，您怎么想？被加上了限定词，不觉得讨厌吗？"过去的问题常是："您被称为女流作家，您怎么想？"从很久以前开始，"女性作家"这种说法已经变得更为普遍，也许"gender"更接近"流"而不是"性"。"性"指的是与生俱来的性质和宿命，但"流"是指"以这种方式做"的风格吧。如果感觉不喜欢，你甚至可以将它付诸"流"水。"我习得的女人就是这样的，所以我这样写"，或者"但是我还是觉得这种风格不好玩，所以最近换了个方式写"，诸如此类。不是说作品风格是"女流"的，而是指写的人是女人，在这个意义上就是"女流文学"。"性"字中想要表达的与生俱来的特性和宿命，带有一种过于严肃且令人不适的意味。

此外，虽然德国没有类似的情况，但在北美大陆，种族问题常常被提及。我被邀请参加加拿大的一个庆祝活动，看到节目单上写着的"Literature of Colour"时，被吓了一跳。我以为它是指"丰富多彩的文学"，结果它却是"有色人种文学"的意思。来的都是非洲裔和亚裔的加拿大作家，我也登台了。是因为在社会中存在可以用"白种人"和"有色人种"这种范畴来划分种族问题的，才这样设定的吗？但这种分类不太适用于德国的社会状况。因为，德国的新纳粹极端主义分子矛头指向的"外国人"，是从俄罗斯回来的德国人、波兰人、犹太人、意大利人、西班牙人、前南斯拉夫人等的"白种人"，当然也发生过针对非洲人、土耳其人和越南人等的袭击事件，与美国不同，在德国"白种人"和"有色人种"的划分没有任何现实意义。

还有更独特的文学分类。几年前在柏林有一场以性为主题的文学节,一连持续数天,第一天晚上是"异性恋文学",第二天晚上是"同性恋文学",第三天晚上是"恋物癖和虐恋",第四天晚上是"其他",我被邀请到第四天晚上。可能是把我看作对事物、树木和文字都怀有爱欲的万物有灵论者吧!听说前一天有人打电话给会场询问:"那个'其他',都是些什么人?"

12 魏玛 小语种、大语种

1999年,我去魏玛参加歌德诞辰二百五十周年的纪念活动。关于歌德使用过的"世界文学"这一概念,有个小组讨论,先要求每人发表观点,说出在当代世界,所谓世界文学是什么。我首先想的是"文学的翻译"。虽然我对与"民族文学"相对的"世界文学"的概念本身并不太感兴趣,但我对文学跨越国界发生的语言变化感兴趣,所以我发表观点说,在当今时代,"世界文学"不就是翻译文学吗?因为我们只有借助翻译才能接触世界文学。翻译被认为是必要之恶,谈论文学时它也从未被像样地讨论过,更何况被认为与文学的本质有关呢?但我觉得世界文学首先是翻译文学,世界文学就应该从翻译文学出发。

参加小组讨论的有德国当代文学的新人德斯·

格鲁伯恩①和英果·舒尔策②,来自尼日利亚、现居伦敦的作家本·奥库里③,以及同样现居伦敦、来自中国的诗人杨炼。

本·奥库里说,此前他经常被问道:"用英语怎么可能描绘出真正的非洲呢?难道不得使用本地语言才行吗?"我也觉得这个问题问得着实奇怪。英语在吸收异质部分的同时,也是每天都在变化的,况且世界各地有着各种各样的英语。若非那样,英语岂不是只能表现英国的生活了?一种语言适合表现什么,是无法规定或断定的。此外,并不存在什么"真正的非洲",如何体验、把握或表现非洲,有无数的途径。即使是德国,如果你要问哪些作家在书写"真正的"德国,应该也没有答案吧?但当你看到对方是一个发展中国家,就立即觉得那里应该有一个客观的"现实"问题,不太奇怪了吗?书写语言和书写对象,都有无数张面貌。当然还有很多尚未被发现的面貌。

对本·奥库里这样的来自非洲的作家却用英语

---

① 德斯·格鲁伯恩(Durs Grünbein,1962—),德国诗人和散文家。——译注
② 英果·舒尔策(Ingo Schulze,1962—),德国作家,出生于前东德的德累斯顿。——译注
③ 本·奥库里(Ben Okri,1959—),尼日利亚的小说家和诗人。——译注

创作的批评，似乎也包含了对他们为什么不去拯救濒危小语种的质疑。文学竟然成了"救护车"，还要承担拯救语言的任务！某种语言逐渐不被使用、被遗忘的现象或许古已有之吧！但是我觉得，近半个世纪以来，通过"人工呼吸"来强行拯救濒危语言的动向越来越令人瞩目。欧洲也是如此，随着英语在世界范围内日益普及，以及欧洲通过统一货币等手段建立单一共同体的强势运动，拯救小语种的活动反倒越来越突出。例如，瑞士的罗曼什语和爱尔兰的盖尔语，在一些地区开始成为学校课程的一部分，并且每天都通过广播来播放。

　　在采取小语种保护政策之际，备受重视的是诗人。如果没有人写出诗歌，就不能说那种语言还有生命力。好像一种语言的使用人数越少，诗人的比例就越高。我不知道这是因为当人们开始担心一个小语种消亡时，就会把说这种语言的人变成诗人，还是因为政府保护诗人的缘故。德国东部包岑（Bautzen）附近的索布语就是一个很好的例子。现在，只懂索布语是无法生活的，所以每个人也都会说德语。但我听说，会说索布语的总共只有三千人左右。然而，到目前为止，我已经遇到过三位据说用索布语写诗的诗人了。如果根据人口比例计算概率，我在美国遇到二十八万名诗人都不足为奇。顺便说一下，索布语在东德时代似乎受到了政府相当大的保护。索布语作为斯拉夫语支的少数民族语言存在于东德内部，或许是为了显示东德的强大。

以小语种为母语的人成为诗人的概率很大。诗歌的读者也一样。德国诗人恩岑斯贝格尔①有一天在报纸上写道，现代诗集这样的东西，无论是以克罗地亚语出版，还是在美国以英文出版，基本上都是卖不到两千本。美国人口约为克罗地亚人口的六十倍。换句话说，从比例来看，克罗地亚的诗集的销售情况相当不错。

然而，用小语种写的文学作品大多数人都无法阅读，因此要将它翻译成许多人读得懂的语言。结果，濒临灭绝的词汇、思想节奏、说话方式、意象、神话等以翻译的形式"流亡"到大语种中，引起偏差、扭曲、困惑、摇晃等等。对文学来说没有什么比这更令人兴奋的了。因此，翻译文学还起着促使大语种改变的作用。

---

① 汉斯·马格努斯·恩岑斯贝格尔（Hans Magnus Enzensberger，1929—2022），德国诗人。——译注

当母语为小语种的作家开始用英语等大语种创作时,他们为大语种带来了变化。这不仅限于狭义的语言层面。审视历史的特殊视角,捕捉魔幻事物的感觉器官,等等,都进入了文学语言。隶属于小共同体的人更容易避免从胜利者的立场来看待历史的危险。此外,由于共同体规模较小,工业化过程中会产生时间和质上的偏差,魔幻世界经常以不同的形式出现在语言中。

顺便说一下,同样现居伦敦、从中国来的杨炼与之相反,他说他根本不想用英文写作。他还说,他受不了英国和美国常见的移民文学的单调英语。当然,中文不是"小"语种。杨炼用中文大声朗读时,语流浩大,滔滔而下。让我想到了"黄河"的字眼。后来我和他又在尼亚加拉大瀑布附近再次相遇,应该不是偶然吧。总之,水量很大,流动中蕴含着力量。他说他最喜欢的诗人是屈原,后来我试着重读《天问》,为其中思考的音律所着迷,这怕是用英语怎么都不行的吧?如果对他来说这才是诗歌,那么要求他"用英语试试吧?"绝对是荒谬绝伦的。不过我想,如果屈原问天的声音进入英语这种语言,并且形成了独特的英语流,想必也会很有魅力吧。

13　索菲亚 语言自身的寄居地

我第一次去索菲亚是在2000年3月,路上行人的胸口上、街道两旁的树上,都装饰着迎接春天的红白丝带,整个城市洋溢着一种神秘气氛,让人想把塔西佗①《历史》中的色雷斯人和路上的行人重叠在一起,引发无限的遐想。欧洲有许多美丽的历史古城,如布拉格、维也纳等。但它们被打造成了不打扰现代生活,满足游客需求的、过于完美的作品。相比之下,索菲亚还几乎没有观光客,生活上也有诸多不便之处。从古罗马的废墟、拜占庭教堂、土耳其时期的伊斯兰清真寺,到我喜欢的俄罗斯教堂、在维也纳学习的建筑师们建造的新艺术样式建筑、苏联风格的建筑等等,可看的有很多。感觉人就像生活在历史的巨人大踏步留下的足迹里面,让

---

①　塔西佗(Publius Cornelius Tacitus,约56—约120),罗马帝国的政治家和历史学家。——译注

人感到既疲惫又兴奋。它并非那种将一小部分过去打造成纪念品般的所谓"旅游景点",而是一座历史的巨大施工现场,让人有一种被扔进历史中的感动。

在日本和美国,我经常听到德语老师哀叹,学德语的学生人数在减少可怎么办啊。东欧国家却没有这样的事情。倒不如说,有的地方学习德语的人还在增加。自苏联解体以来,学英语的人数迅速增加,但是学德语的人似乎并没有因此减少。和在布拉格和布达佩斯一样,在索菲亚让我感动的是,当我和喜欢文学的年轻人用德语交谈,他们不是在用"西方"和"东方"的范畴来判断彼此,而是比如,我说我喜欢契诃夫,对方会说"哦,我也喜欢!",然后立刻把我视为同道中人的这种感觉。反倒是在德国,朗诵会的听众们,好像觉得日本人是另一个世界的人类,许多人的头脑中始终无法消除东西方之间的壁垒。

在索菲亚,我结识了住在柏林的保加利亚诗人茨维塔·索芙罗尼埃娃①,她带我游览了很多地方。

---

① 茨维塔·索芙罗尼埃娃(Tzveta Sofronieva,1963—),保加利亚裔德国诗人、随笔作家和散文作家。——译注

说到保加利亚，会想起茨维坦·托多洛夫①和朱丽娅·克里斯蒂娃②，大家可能会以为知识分子出走的目的地只有法国，其实住在德国的保加利亚裔作家也不少。

国家图书馆前面立有西里尔③兄弟的雕像，我不由地说了一句："这么说来，保加利亚比俄罗斯更早使用西里尔字母啊！"结果茨维塔露出从没有过的可怕目光，冷冷地回答："这还用说吗？"我后来一想，这就像对中国人说，"中国比日本更早使用汉字啊"一样，我真是说了句蠢话。不过，茨维塔没有抛弃我，2002年秋天她再次邀请我去索菲亚。

茨维塔曾主修物理学，还在美国留过学。自从她开始写诗并在柏林生活以来，又用德语写小说，但她似乎有些犹豫到底该不该用德语写作。她还发牢骚说，她被德国诗人劝阻，说最好不要用德语写作。

---

① 茨维坦·托多洛夫（Tzvetan Todorov，1939—2017），保加利亚裔法国思想家、哲学家和文学评论家。——译注
② 朱丽娅·克里斯蒂娃（Julia Kristeva，1941— ），保加利亚裔法国文学理论家、作家和哲学家。——译注
③ 西里尔（Cyril 或 Kyrillos，827—869），拜占庭帝国的基督教教士，斯拉夫字母创制者。——译注

在 2002 年的专题研讨会上,从德国邀请来的乌尔里克·德瑞斯纳和布里吉特·奥莱辛斯基(Brigitte Oleschinski)① 等诗人与保加利亚诗人们进行了讨论。由于讨论的内容与本书的内容没有多大关系,在此省略,但令我印象深刻的是,我和当时来的人们谈论奥斯卡·帕斯蒂奥的话题。

帕斯蒂奥是来自罗马尼亚的德语诗人,这一年恰逢他七十五岁诞辰,各地举行了各种纪念活动。每当看到他作品中对德语的挥洒自如,我总是深受鼓舞,想着自己好不容易也用外语写作,也想和他一样有意识地自由飞翔。只是一般性地写小说有什么意思啊。帕斯蒂奥有一篇写"Heimat"(故乡)的诗歌。当然,说是故乡,他的诗不可能写哀叹移民之身、怀念故乡之类的。不如说,他一定是收到了什么故乡主题选集的约稿要求,大概抱着一种颠覆"故乡"这类意识形态的意图来创作的。德语的"Heimat"是一个在历史上沾染了可疑气息的单词,和日语的"祖国"差不多,是一个人们不想使用的词。于是,帕斯蒂奥故意将"Heimat"按自己的方

---

① 布里吉特·奥莱辛斯基(Brigitte Oleschinski, 1955—):德国政治学家、诗人。——译注

式分解，他在诗里写道："我以为我很清楚所谓'Heim'（家）是什么，但剩下的'at'是什么呢？"然后写出一大堆以"at"结尾的单词。什么"Automat"（自动售货机），"Plagiat"（剽窃），等等，总之是无数个对强加于"故乡"这个词之上的意识形态一笑了之的单词，令人不禁莞尔。我后来还搞到了一张收有这首诗的CD。

和我谈帕斯蒂奥的人抱怨说："过去，东德有一种反向查询词典，这时候很能派上用场，遗憾的是现在绝版了。"这没办法，东德都"绝版"了。不过，我查了一下为什么东德会出版这样一本词典，觉得很有意思。

词典有时会起到将单词从意识形态中解放的作用。它貌似秩序井然地安置单词，其实它是一个无政府状态的机构。反向词典等也是，既有意义相似的、也有毫不相干的词放在一起，实在是可怕。估计写韵诗时会很方便吧。我就有杜登的电子词典，可以反向查询。

试想一下，词典（即便是普通词典，无法反向查询）的无政府之处在于，仅仅因为单词的拼写按五十音图或拉丁字母的顺序排列，意义全然无关的单词就排在了一起。从这个意义上讲,近义词词典不是无政府状态的,因为其中汇集的是语义相近的词。德语有各种各样的近义词词典,我用的是多恩西弗公司的《德语词汇》。不过,近义词词典偏偏在写作中就用不上。写小说时,考虑某个场景还能怎么描写,这样的思考也就两秒钟吧。这段时间虽然在心理上是绞尽脑汁、极度浓缩的,但两秒钟在时间上却很短暂。否则,下一个句子会逃得无影无踪。因此,我在写小说时用不上近义词词典,但是在不被催稿的日子里随意翻翻,真的很开心。

多恩西弗的近义词词典第一版好像是在 1933 年出版的,新版现在仍在发行。整体分为《无机世界、物质》《植物、动物、人类(肉体意义上的)》《空间、长度、形状》《大小、分量、数量、程度》《存在、关系、事件》《时间》《可见性、光、颜色、声音、温度、重量、固体、液体、气体、气味、味道》《位置的移动》《希望的事和实行的事》《五种感觉器官》《感情、情绪、性格》《思想、符号、传播、语言》《文献、学术》《艺术》《社会环境》《机械、技术》《经济》《法律道德》《宗教、超自然》等二十章,每一章里又分为更多的项目。例如,在"Sichtbar"（可见的）这一项目里，汇集了"出现"和"形成"之类的动词，"外观""视野"和"可见性"之类的名词，"显眼"和"明了"之类的形容词、动词，"跃入眼帘"之类的成语，共达七十五个。举一个更奇怪的项目的例子，我们看看"Ehelosigkeit（没有婚姻关系）"这一项目，不仅罗列了很多表示"独身"的口语和法律术语，甚至还汇集了相当于"亚马逊族""主张妇女解放的知识女性""处女""公卿贵族长子""厌恶女人的男人""独奏者""僧侣"等的单词。由此了解到的不是单词的定义，而是人类联想的一般方向。因此，阅读这本词典时，你甚至觉得窥见了文化舞台的背后。

近义词词典收集词汇的感觉，就像是采集昆虫、植物。《经济》一章只有十五页，而植物和动物一章有一百五十页。这本近义词词典或许就是一种动植物词典，甚至让人觉得，连普通词汇也像是栖息在我们大脑中的一种昆虫或植物一样被收集起来。

翻着词典时，我常想，人脑内部究竟是怎样的，大脑是如何排列单词的。可以肯定的是，不是按拉丁字母顺序或五十音图顺序排列的。没有人听到"アニメーション"（动画片）时会想起"あによめ"

（嫂子），听到"預ける"（寄存）时会想起"あずき"（小豆）吧。大概，不仅不是按五十音图顺序排列，甚至也不是按线性排列的吧。在近义词词典中，群组、章节和各个单词的顺序是可以随意改变的，因此可以说它更像是缀布拼图式的词典，而不是线性的。在我们的头脑中也一样，单词不是线状地，而是面状地——不，岂止如此，也许是立体地排列着呢。

我在野村进的《我想知道大脑！》一书中读到失语症，了解到原来普通名词和专有名词的存储场所是不同的。这一点从经验感觉来看恐怕确实如此。我常常"一时蒙住"，怎么也想不起某个专有名词，但很少会想不起来普通名词。普通名词应该就大致储存在脑海的某个位置，还可以借助附近的同义词勾取出来，但是专有名词的位置却模糊不清。例如，假如将它们放在一个贴有"电影演员名字、女人、法国"的标签的抽屉里，似乎很快就能取出来，但是好像我的头脑中并不存在这样的抽屉。观察那些记得很多演员名字的人，他们除演员演过什么电影以外，连这些演员以前和谁结过婚，又因为吵架分手了等事情也知道得很清楚。大概如果名字和名字之间有鲜活的关系的话，就可以将它们一并钓上来，而一个孤立的名字即使放在抽屉中，也会逐渐找不到吧。

不过，有趣的是，有时候在外语中，专有名词是和普通名词是一起记忆的。例如，我常看的眼科医生名字叫哈森拜因（Hasenbein，直译是"兔子脚"）先生，当我想去看眼科医生时，我发现自己在动物类别中寻找他的名字。每年大约只去一次，所以他的名字不会自动冒出来。牙医也是一样。前些时候，我想不起牙医的名字，正觉得纳闷儿，发现是和眼科医生弄混了，因为搜索的是动物类别。然而，牙医不是动物，而是被我放在木匠工具抽屉里的内格尔（Nagel，钉子）先生。

另外，似乎有一种见解认为，在普通名词中，生命体和人造物是分开的，另一种见解认为二者是不分开的，《我想知道大脑！》一书更详细地介绍了后者。例如，据说马和书桌不是被记忆在完全不同的地方，而是由于都有四条腿，所以属于同一类别。然而，这可能只适用于浸润在"四条腿的除桌子以外什么都吃"的中国丰富饮食文化的人们，或者只在"四条腿"的概念随着佛教一起扎根的文化圈才成立。将马和书桌放在一起想，在日本可以理解，但是从德国来看，倒不如说会让人想起超现实主义。

我感兴趣的是，学外语时语言和大脑之间的关系是不同的，以及在诗歌创作中，可以看到诗人有意调整单词分类和组合的努力。例如，德语对我来说是外语，所以将"Zelle"（细胞）和"Telefonzelle"（电话亭）记忆在同一个地方。因为词源相同嘛，没什么特别奇怪的。然而，如果母语是德语的人，"细胞"大都被分类在生物学领域中，而"电话亭"则被分类在日常生活领域中。因此，两者之间在大脑中没有联络线。小时候可能联络过，但是在成为被生活追赶、必须迅速处理事情的大人之后，这种联系就消失得无影无踪了。

诗人会把只有外国人才会放在一起的单词放在一起。例如，日语口语中把微波炉加热称为"チンする"（叮一下）。早些时候，我在《现代诗手帖》中，读了平田俊子女士一首《微波炉的力量》的诗，讲述了一只哈巴狗"叮"（チン）进入烤炉后获得重生并变得美丽的故事。那就是两个"チン"在电子碰撞的地方出人意料地相遇吧。当电子碰撞时，大脑会有愉悦感。把彼此远离的单词连接起来，并不断使之发生电子的碰撞,诗人的大脑中就会逐渐拉起无数条自己独有的联络线。从各个单词像蛛网一样延伸出放射状的连接线,和其他各种单词相连,而且不断在叠加中移动,这样就形成了快乐的大脑思维。

14　北京 迁徙的文字们

2001年夏天,中日女作家会议在北京召开。我不仅见到了此前只知其作品的日本作家,还接触到了中国当代作家的作品和她们的发言,这些对我来说,都是莫大的馈赠。不过,让我印象最深的还是汉语这门语言,以及它和日语之间的关联。我总是拿欧洲语和日语比较,思来想去的,接触到汉语这门貌似很近实则不懂,明明很远却已部分融入了自身的语言,让我兴奋不已。

后来,我读了参会者之一茅野裕城子的小说《韩素音的月亮》,觉得它是部爱情小说,描写了汉语作为异国语的感性。这是我在读利比英雄的《天安门》之后第二次感受到汉字的乐趣。各种情感纷至沓来:面对陌生文字时的束手无策感,不会读却看懂了的冰消雪释感,读懂原来不过是错觉的失魂落魄感,但是也因此成就邂逅的不可思议感,等等。

这里所写的不只是在中国青年和日本女性之间的故事，而是世界各地的人与人、文化和文化之间不断发生的情形。

与会议几乎同一时期，部分当代日本女作家的文学作品出版了中文版。作家的名字也跟着成了简体字。我的"葉"怎么就成了"叶"呢？看着"多和田叶子"这个名字，我有些陌生。还好，不是"吐"是"叶"，意思应该不坏。但是，我不知道"葉"和"叶"什么关系，有一种动画片《千与千寻》里千寻听到"从今以后你就叫千"的感觉。

应该不止我一个日本人对简体字抱有偏见吧。估计很多人在内心觉得简体字就是灿烂的中国文化史上偶然出现的涂鸦类的玩意儿吧。不过，从北京回来，读了高岛俊男的《汉字和日本人》，我才知道，我从小学习的、一直以为唯一正确的日本新汉字也只不过是出于废除汉字的政治意图而匆忙炮制的简体字，在系统了解旧汉字的人看来，它们充满了不可理喻的矛盾。读着读着，我闷闷不乐起来。明明我是想逃离满是简化、变形的片假名日语，悄悄投身到美丽的汉字世界中的，结果却发现，日本的汉字世界竟也不过是简化、变形的中文而已。这么一来，我写的日语看起来就像满是赝品的黑市。滔滔不绝,且满目疮痍(如果说只有拟声词和拟态词是最后剩下的"真正的日语"的话,我也只能这么写了)。若只是日本的汉字改革存在缺陷,我也并不特别生气。任何正字法必定都不完美。但是,汉字改革竟然是在日文汉字迟早要废止的心理下着急忙慌地进行的,这让我气不打一处来。而且,抹不去一种自上而下强推下去的印象。有点类似于字库里没有收录,想用的字出不来的急躁感。办公软件是商品又不是教科书,消费者决定录入哪个字不就行了?偏偏就没有机会。"内田百闻①"的"闻"打不出来,我就纳了闷儿了,究竟是些什么人在决定办公软件的汉字录入的?

自己写小说用的新汉字竟是这玩意儿,这让我一肚子火。更让人气恼的是,我自己还不具备足够的知识去感知汉字系统目前到底被破坏到了什么程度。再加上尴尬——这把年纪了,我竟然一直都相信自己学的日本汉字是正确的!而且,我还一味以为简体字不仅毫无意义,而且太多了,太难学了,压根儿就没尝试过学习简体字!但是当我翻开汉日

---

① 内田百闻(1889—1971),夏目漱石门下的日本小说家、散文家。——译注

词典，发现简体字只两页就收完了，这放在初中或高中一个月就能记住了吧？本来只需要再加把劲，我就能阅读地球上四分之一的人口使用的文字了，唉！虽然我觉得标榜着培养国际人才却不教简体字的日本学校可恶，但自己也缺乏自主性啊，该查的却没去查。一想到这些，我就觉得过去学的太偏颇了。有时我还不自觉地用同情的目光看着那些在文化管制下长大的、来自前东欧地区的同年代的同事呢。也许，我应该先怜悯在无形的管制下学了些偏颇知识的自己吧！

汉语在语法上和日语相去甚远，但日本引入了汉字，因而两者之间产生了某种亲近性。或许以前的语言学家会说，语法是"骨"，文字是"衣"。但在现代，有时只因穿了同款鞋就成了朋友，"骨"和"衣"两者都很重要。

从关系远近不同的语言上获得的灵感有质的不同。我看到中文，有一种似懂非懂的"错位"感，恍如梦中。我在北京的书店里买了本日汉小字典。里面说，"めまいがする"是"眼花缭乱"，而"気絶する"是"昏过去"。原来"気絶"就是"过去一片昏暗"啊！仅此即成诗。我一时心血来潮写下这句妙语。熟悉的语词"咔哒"一声拆解重组,以新的面貌出现,新事物熠熠生辉。那是电光火石般的感觉,刹那间束缚大脑的链子猛然断开,那种快意有时会幻化成一串笑声。

看着日本作家作品的中文版本,只读标题,也会觉得灵感乍现。带头策划这次女作家会议的津岛佑子女士的《笑いオオカミ》变成了《微笑的狼》。我喜欢这个"的"字,和日语中的用法不同。松浦理英子女士的《ナチュラル・ウーマン》译成《本色女人》,很有气势。

在美国和欧洲,给人看自己的日文作品,大家看着其中的文字赞叹不已,我们还会有点得意。不仅仅是因为汉字看起来美丽而复杂。还有一种自豪感:在全球化的风暴中,你们可能以为早已没有东亚独特的文化了,但我们就是有着如此古老的文化;使用着这些存在了数千年的文字,"共产主义""国民主权"等概念,我们不需要借助任何西方语言,都是可以表达的。不用担心被外界侵入,汉字就像城墙一样,保护了东亚文化独特性的神话。我因而忘记了曾经因为不擅长汉字而备受汉字考试折磨的怨恨,不知从何时起,我开始热爱汉字。可是,读柳父章的《译词成立概说（翻訳語成立事情）》一书，读到"社会""個人""近代""美""恋愛""存在""自然""権利""自由""彼""彼女"等日语词，知道了它们全是仅一百多年前西语词的译词时，我很失望。从这个意义上说，日文汉字也是外来语啊。它们来自中国，现在又用来表达西方的概念，所以是双重外来。岂止如此，片假名老老实实地承认自己是外来的，而日文汉字貌似是原住民，其实是外来户。

当然，小说不会像报纸和论文，有那么多的复字汉字词。但我还是神经过敏地，有时就不写汉字"解说"，只写假名"ときあかす"，还暗自窃喜（写假名的话，"とき"可能是"朱鷺"或"時"，"あかす"则有"明かす"的意象，很明亮）。这样，在某种程度上我试图躲开穿着汉字外衣的西方，但作用极为有限。

不过，得亏汉字进入了日本，我们不仅可以翻译西方的抽象概念，学习西方语言也容易多了，这也是事实吧？想到这一点，我就不生气了。例如，日语里只有"みる"（看）这个词，你要能区分使用日语的"見る、観る、視る、診る、看る（译注：

读音全是みる）"等汉字，就会明白汉语里怎么会有那么多各式各样的"看"。明白了"みる"有如此多的不同，再学英语，也不会奇怪"look"和"see"不同了。在文字层面上一定程度理解了汉语中各个词的不同，学外语就容易得多了。高岛写到，由于离中国这个文化发达国家太近了，日本顾不上自己创造抽象概念，这或许是一种"不幸"。但是，如果放任不管，日本真的可以像中国一样自创出丰富的抽象概念吗？我是个悲观主义者，很是怀疑这一点。可能就会像美洲土著民一样，自己的文化在原来的轨道上发展，很久很久以后学习英语掌握西方文化，母语和英语并行使用，在现代社会艰难生存吧？塞内加尔人就是沃洛夫语等当地语和法语的双语者。在这一点上，日本文化人只要会日语，就能阅读很多欧洲和美国的著作，不会被信息拒之门外。岂止如此，德国文学等的译著，日语比英语出版得还要多。不用成为双语者，也能作为现代国际社会的一员生活下去。这么说来，这种既不是固有日语也不是汉语或西方语的，模糊、不纯、混乱的日本汉字领域，还拯救了我们呢！

　　日本的汉字世界是一个梦之岛。虽然垃圾成山，但富饶丰盈，只要去找，就应有尽有。那些生存必需的，你找，它就有。我已经不生气了。我决心成为日语这座梦之岛的居民，像田鼠一样勤勤恳恳地工作。

哦，对了，读《译词成立概说》令我感动的是，很多被强行翻译出来的日语译词，是译自荷兰语。例如，荷兰语的"Schoonheid"有过各种译法，最终固定为"美"这个译词，和德语的"Schönheit"非常相似。

我小时候当作母语学了日语中"美"这个词，很久以后学德语才遇到"Schönheit"，知道了它是"美"的词源的亲兄弟。这么说来，小时候遇见的一些日语词，其实都是这类移民。因为德语，我知道了这些"移民"的故乡，啊，原来它们来自这里啊，我无限感慨。大和语和新造译词都穿着汉字的外衣，看不出源头，其实都是来自不同地方。现在，我终于到了"美"这个词的故乡，想到这里，我就有一种莫名的感动。

然而，"美"这个词架构大，身体性就很弱（不够生动、活泼）。看一下《枕草子》《类聚》一章中出现的那些形容词："怦然心动的""高雅优美的""宽慰欣喜的""令人着迷的""可爱俏皮的""欢呼雀跃的""优美灵动的"等等。与那种知性的、细腻的感觉相比,"美"这个词就像一块混凝土,冰冷、生硬。如果说《枕草子》就是围绕一个个形容词来凝聚和营造贴近人类敏锐细腻的神经的意象,那我很想知道:"美"之类的词能造就怎样的文学。我还觉得《风姿花传》① 中对"花"这个词的使用也很有意思。不去无休止地争论到底是"美的花"还是"花的美",把"美"译成"花"不就行了吗?"花"的概念虽抽象,具体的花却有颜色和香味,让人惊叹、赞美。坚毅但不强势,高雅而不造作。或许世阿弥②的用词暗示着另一种翻译西方抽象名词的可能性。

和制汉字译词的最大问题或许在于总是摆脱不了暴发户似的装模作样。"恋爱"貌似比"色事"高级,不是因为现代人的恋爱就比近松③描写的人的情事高级,而是因为它是西方的舶来品,所以才稀罕。现在没有"进口"的感觉了,但"恋爱"这个

---

① 《风姿花传》,日本剧作家世阿弥所著的能剧理论书。——译注
② 世阿弥(1363—1443),日本室町时代初期的猿乐演员与剧作家。——译注
③ 近松门左卫门(1653—1724),日本江户时代前期的剧作家。——译注

词不还是冷冰冰的，不够自然、平易吗？

柳父①评论三岛由纪夫的文学作品说，"美"这个译词就像珠宝盒的外面，因为看不见里面，就越发显得里面价值连城。三岛是镶嵌珠宝盒的高手，用"美"提升了文学的档次。列维－斯特劳斯②的《忧郁的热带》中有一个场景：没有文字的南比克瓦拉族人的酋长装模作样地模仿白人写字，向部下们彰显自己的伟大。这个场景和三岛对"美"的运用相似。

对了，"美"这个汉字是怎么来的呢？记得在教参中读过这样的解释："这个字是在中国沙漠地区产生的，对于那里的人来说，羊大为美，所以一个羊字加一个大字就是美。"不知道是真是假。德国有许多土耳其人经营的食品店，每当看到玻璃柜里的大块羊肉，我就不由地想，啊，那就是美！

---

① 柳父章（1928－2018），翻译家、比较文化研究者。桃山学院大学名誉教授。——译注

② 列维-斯特劳斯（Claude Levi-Strauss，1908－2009），法国当代著名的哲学家、社会学家、神话学家和人类学家，也是法国结构主义的领袖人物。——译注

15 弗赖堡 音乐和语言

我与高濑亚纪女士一起，从1999年开始进行音乐和朗诵的表演，已在德国、日本、美国等地举行了约四十次公演，其中，在弗赖堡的公演尤为愉快。弗赖堡是一座古老的大学城，走在路上会看到很多自行车。看着骑车的人以及行人穿的衣服，让人感觉这座小镇依旧保留着浓厚的20世纪70年代到80年代的另类氛围。在距离火车站不远的地方有一家书店，名为"何塞·弗里茨"，进入书店，那种氛围越发强烈。进入20世纪90年代，德国也流行起大型连锁书店来，但在学生运动浩浩荡荡的时代，曾经有过一个时期，盛行那种由朋友共同出资、共同经营，不存在雇佣和被雇佣关系的书店，"何塞·弗里茨"即为此类书店，留存至今。多亏了这家书店，高濑女士和我得以在弗赖堡公演。

说什么跨越音乐和文学的界限云云，好像很新潮似的，老实说我很不好意思。这样的尝试，古而有之，现在也比比皆是。不必说日本的猿乐、能乐、文乐、歌舞伎和欧洲的歌剧等，原本音乐和文学不曾分离的状态或许才是常态。

据说20世纪60年代的德国，君特·格拉斯和彼得·鲁姆科普夫（Peter Rühmkorf）等人积极举办过诗与爵士乐的演出活动，但是后来逐渐衰退了。还有，北德广播甚至曾有一档名为"卡夫卡，爵士乐和文学"的电台节目，专门做音乐和文学的组合，但它在1999年也停播了。

寻找公演的场所并不容易。主办者主动邀请的还好，自己去找常常找不到。如果只是文学朗读，可以在文学中心、图书馆或书店举行；如果是纯钢琴演奏，可以在音乐厅或爵士乐咖啡馆等地进行，但一说两者结合，那就非常难找到合适的场地。

在声音和语言的表演中，钢琴的即兴演奏和诗歌的朗读同时进行，但这种同时进行与"合奏"略有不同。我感觉，从大脚趾到喉咙的区域专心倾听并响应音乐，同时从舌头到大脑的区域则追寻着语言的含义往前推进。或者说，我试图让朝向钢琴的左半身热情回应音符，而让右半身沉入文本之中。

于是，自己一分为二，感觉非常舒服。两者之间有一道深沟，一半的我置身语言世界之外，一半的我则置身其中。当然，两者之间也存在某种关联。但这种关联并不像歌曲旋律和歌词之间的关系那般紧密。两者通过一种在神秘空间里曲折前进的振动间接地联系，或者分离了。否则，就变成"和着音乐朗读"了。另一方面，从音乐来看似乎也是一样的，和着朗读来弹奏，那只不过是伴奏，音乐沦为背景或插图般的存在，这样就没什么意思了。因此，音乐就是音乐，它是独立的。或许正因为它是独立的，才能有对话。音乐对朗读的语言会有所反应。时而像把一块石头扔进湖里，看着溅起的波纹；时而以为是水，扔了块石头过去，结果却是鳄鱼的脊背，鳄鱼"啪"地抬起头，斜睨过来。朗读对音声作出反应，朗读的方式也会有所变化。当然，有时故意意气用事，不作反应，执着于自己的表达，这本身也是一种反应。总之，这一切全然没有手册或教科书等可以依赖，全靠自己摸索。而且，一个个瞬间是由无数个偶然条件形成的，绝不会有重复。

语言中也有音乐，但通常我们很难注意到。我们读小说时，往往过分沉迷于故事情节和人物性格

等等，很难再去关注其他东西。例如，"食べたが
る"（想吃）中的"がる"这个单词，试着重复"が
る、がる、がる"，就会发现它的声音非常独特。然
而，平常阅读时，很难注意到这一点。只读"がる"
且充分发音的瞬间，那声音传达了某种超越了所谓
的"意义"的意蕴。当我携带着语言进入音乐这
"另一种语言"时，语言的这些不可思议性在我自己
的文本中浮现出来，让我很吃惊。或许这就是通过
音乐重新发现了语言。

就这样，彼此不断地重复着除法，分摊出"余
数"，始终不完全吻合，略带焦躁地探索，却在这个
过程中一次次发现彼此的意义，我觉得声音和语言
共演的乐趣正在于此。

16　波士顿　英语改变了其他语言吗？

2001年秋天，我去了一趟波士顿。1999年我在这个城市住了四个月，所以有种久别重逢的感觉。

这次再访波士顿是为了参加塔夫茨大学和韦尔斯利女子大学共同策划的主题为"Japan from somewhere else"的研讨会。除了研究人员们，所谓的日裔美国作家们也来了。伊藤比吕美女士也大驾光临。

这是我第一次见到只用英语创作的，第二代、第三代的日裔美国作家们。幼年时代移居英国、用英语写小说，并获得布克奖等奖项的石黑一雄很有名，不过这回我再次实际感受到还有很多其他用英语创作的日系（父母双方或一方是日本人，或祖父母或更上一代是日本人，因人而异）作家。我还了解到，他们的文学作品也有不少研究人员。作者是移民，这对文学来说并不算本质的东西。但是，有时思考移民作家可以帮助阐明文学本身具有的移民性。

在德国，与二代移民作家交谈的机会有很多。从我在汉堡大学读书时起，我就接触了捷克人利伯斯·莫尼科瓦（Libuše Moníková）和土耳其人埃米奈·塞夫吉·埃兹达玛（Emine Sevgi Özdamar）等"非德国"作家很有名的、用德语写的移民文学的经典之作，从那之后，我开始觉得用外语写小说也是件"普通的事情"。刚到德国时，说实话，我觉得怎么可能用母语之外的语言写东西呢？然而，五年后，我想用德语写小说了。这是一种无法抑制的冲动，拦也拦不住，我不能不写。在外语环境中沉浸了几年后，为了接受新的语言体系，母语基础理论的一部分被破坏、变形、重生，一个新的自我诞生了。作家中有的人会非常讨厌"原始自我"被破坏的移民状态。比如，只待在母语环境中，听到"夕涼み"（傍晚的乘凉）这个日语词，会感到一种典雅和美妙，但一旦离开过母语，就无法无条件地相信这个词语的凉爽了——"use 済み"（被人用过，与夕涼み谐音）吗？语言像泡泡一样"咕嘟咕嘟"地冒出来。在不该断句的地方断开，或许美丽的东西会一度被若无其事地破坏掉，或许再也无法做出自然而然的举止,或许作为"蹩脚诙谐王国"或"歪理镇"的居民被同国人耻笑。但是,一味相信母语的自然性,就不会认真地和语言打交道,也成就不了现代文学。我认为,走出母语之外的状态,对文学来说并非特殊状态,只是让普通状态向极端走一点而已。

波士顿的学术会议结束两天后,我和几个定居美国的德国人一起去吃饭。当被问到想吃什么时,我想刁难一下他们,就说"柬埔寨美食",结果立刻就被带到了一家柬埔寨餐馆,我再次感慨,美国果然是有各种各样的餐厅啊。

席间他们谈到了在英语环境生活得久了,自己的德语就慢慢地变奇怪了。这当然不是件令人愉快的事,因为母语因此被扭曲了,我却觉得看到了德语的一副新面貌,听着反倒觉得有趣。加油站不再说成"Tankstelle",而是说"gas station"(把美式英语的"gas station"简单地按德语的方式念)。或者想说"我冷"时,应该说"Mir ist kalt"(对我来说很冷)才是正确的,但是受到美式英语的影响,把"我"作为主语,说成"Ich bin kalt"(我是冷的)。这样一来,变成了"我自己很冷",也就是说,我是个冷漠的人。

但是,有一个人指出,不仅生活在美国的德国人,就连德国的德语也在英语的影响下一点一点地不断发生改变。最简单的例子是计算机用语,在日本也有类似现象吧。在计算机手册中,写着"Downloaden Sie sich das Programm."(请下载该程序。)等等。给英语动词加上"en",使之德语化,类似于日语中只要添加"する"就能把任何词变成动词。

虽然德国在飞行技术史上发挥了重要作用,却没有和"时差反应"对应的德语单词,不得不使用英语的"jet lag",这是很奇怪的。或许时差反应与早期飞行技术无关,而是作为一种经常去海外出差的商务人士的疾病开始出现的,所以只有英语单词。明明有"Zeitverschiebung"(时差)这个非常美的单词〔我觉得"Verschiebung"(错位)这个词由于被弗洛伊德用于梦的解析,所以变得更有味道了〕,好好利用可以造出诸如"错位的苦恼"或"错位的痛苦"等单词,却直接使用从英语输入的外来词,真是遗憾。我并不是讨厌"jet lag"这个英语单词,就是觉得它用在德语中好像声音不好听,我喜欢不起来。日语中的"時差ぼけ"（时差反应）一词说不上美吧，至少不难听。"ぼけ"的部分还有点可爱。还有人把自己犯糊涂归咎于地球上总有时差，自称是"万年時差ぼけ"（永久时差反应）。

回到原来的话题，英语的影响不单停留在单词层面。比如，不知何时起，很多人想说"这样做有意义"时，会说"Das macht den Sinn."，这是英语"It makes sense."的直译，本来德语说"Es ist sinnvoll."才是正统的。另外，说"Haben Sie schöne Zeit!"表达"玩得开心！"的意义，是英语的"Have a good time!"的直译。我记得二十年前有位年长的德国语文老师曾对我说，这句话作为德语很奇怪，请不要使用。也就是说，当时已经出现这种说法了，但是现在这样说听起来一点也不奇怪了。日本人也有类似的现象。最近有人会大模大样地说"よい週末を！"（周末愉快！）等等之类的。我小时候，像"週末"这样的日语词只出现在翻译文学中，"よい何々を！"（祝你什么什么！）只是出现在英翻日作业里的句子，没人会对朋友这样说。我这样说，好像我是一个年纪很老的人，在谈论年代久远的事情，但我并没有那么老。当你身在国外时，"从前"

的记忆很容易原封不动地保存下来,一不留神说话就带有浦岛太郎①式的腔调。一直待在日本的人,每天都看着语言一点一点地变化,幼年时的记忆就会逐渐模糊。移居美国的德国人也是如此,在美国与德国人交谈时,他们常说,过去德语不这样讲。和他们同龄的德国人,一直在国内生活就不太会这么说。

英语也进入了德语、日语中。而且,外来词不单是进入单词中,还影响了说话方式本身。在这个意义上,即使是只说一种语言的人,也在生活中通过语言亲身感受着语言之间的交融和碰撞。

---

① 浦岛太郎,日本古代传说中的人物。此人是一渔夫,因救了龙宫中的神龟,被带到龙宫,并得到龙王女儿的款待。临别之时,龙女赠送他一玉盒,告诫不可以打开它。太郎回家后,发现认识的人都不在了。他打开了盒子,盒中喷出的白烟使太郎化为老翁。——译注

17　图宾根　来自未知语言的翻译

2002年12月,我在图宾根大学首次搞了个自由创作工作坊。美国大学要求学生写诗、写小说的所谓"创意写作"课很兴盛,好像也是授课作家的重要收入来源,但在德国,这种课只是例外。图宾根大学以诗人乌韦·科尔贝(Uwe Kolbe)为中心,建立了校内机构"文学戏剧工作室",所有学生都可以来这里接受诗歌、小说或戏剧创作的训练。我也被邀请在周末给学生上三次课。虽然写小说是没法教的,但是只要稍微改变一下观察语言的角度,就能让学生对语言变得敏感,所以我就试着布置了"来自未知语言的翻译"的题目。先给他们看一个汉字,然后让每个人写一篇关于它的文章。学生们完全看不懂汉字。当我拿出"龍"这个字时,教室里唰地安静下来,每个人都开始认真写作。一个小时后,大家完成了各种文本,并互相朗读交换意见。

有学生把"龍"字当作厨房的设计图，由此展开故事；也有学生或许因为这个字看起来像节日的高台或装饰，于是写下了节日前一天的不安；还有学生以看不懂文字者的沮丧感为主题写作；更有学生忽然注意到"龍"字的"立"字部分和眼前水壶的形状相似，为什么几千年前的中国人能猜中我们现在使用的水壶的形状呢，于是以此为内容写了一首诗。没有投下"意义"这个"旅行保险"，就去外语之国旅行，结果诞生了各种各样的作品。也许通过走出母语，从通常束缚自己的禁令（这样写会很丢脸）中被解放了一点。

第二天，我让学生们听各种日语录音带，从念经到广播剧，其中还搀杂了鸟类和虎鲸的声音，然后让他们选取自己喜欢的部分完成翻译工作。当然，由于不明白声音试图传达的语义内容，所以无法进行普通的"翻译"。无论是循着声音写出其中的"关联"，还是抓住听觉引起的联想的一端，并加以发展，全靠自己独辟蹊径。没有入门书，如何接近自己无法理解的语言，我认为这种训练对于那些一边在多元文化社会中徘徊，一边写作的人来说是很重要的吧，于是进行了上述的实验。

第三天,大家乘火车去斯图加特,每个人都在火车上写文章,主题是"作为外语的风景"。车窗外的风景通过观察者的解读,才能变成文章。如果意识到自己正在按照什么模式观察风景,所看到的也会有所不同吧。看惯施瓦本地区风景的人眼中看到的风景肯定与从远方来的旅行者眼中看到的不同。

我自己经常乘火车旅行,常在车上写手稿,但确实从未写过车窗外的风景。德国的 ICE 快车和 IC 准快车的运行路线于我而言都太熟悉了,以至于我什么都视而不见。读到利比英雄先生的《最后的边境之旅》,发现德国快车车内和车窗外的样子被描写得如此鲜明。果然,还是远方旅行者的眼睛敏锐。在斯图加特市的剧场,我的朗诵会定于周日上午举行。我不仅自己朗读,在简要介绍了一下工作坊的情况后,还请学生自愿上前朗读。在观众面前朗读,学生似乎非常紧张,但观众的反响很好。

结束后,一位观众走近来,诉说他的苦恼,说他在大学学习中文的同时又开始学习日语,但经常感到失望,日常会话所需的单词净是来自英语的外来语,即使学习,也遇不到美妙或有趣的单词,非常无聊。好不容易鼓足干劲开始学日语,学的却只

是テレビ（电视）、コップ（杯子）、バス（公交车）、タオル（毛巾）、テーブル（桌子）、ドア（门）、カーテン（窗帘）、ボールペン（圆珠笔）等外来语，肯定谁都会感到厌烦吧。只会觉得是变形的英语单词的罗列。而且，如果简单还好，实际上反而那些很难。我曾经向学习日语两年以上的德国学生展示片假名"ルフトハンザ"，并问"你知道这是什么吗?"，结果他怎么想都想不明白。因为这个片假名在学生的头脑中成了"rufutohanza"，所以完全没有和"Lufthansa"（汉莎航空）联系上。

学汉语会更有趣吧。确实，把"トイレットペーパー"称为"手纸"，把"テレビ"称为"电视机"，有一种知性的刺激感。相比之下，日语看上去极其马虎且敷衍。毕竟，"テレビ"这类日语词，只是将"television"改为日式发音，还觉得说整个词太麻烦了，干脆切成两半，只说前一半。还有，切开的地方还与原语的"tele"（远程）和"vision"（视觉）的断开处不一样。

例如，在德语中，电视被称为"Fernseher"（能看远的东西），以这种方式，日语也可以把电视翻译为"遠距離幻"（远程视觉）或"電気紙芝居"

(电气连环画)之类的,也可以是"千里眼劇"(千里眼剧),或者单单是"遠見"(远视)。窗帘可以是"目隠し"(蒙眼布),卫生纸可以是"しも浄め"(下身清洁用纸),圆珠笔可以是"玉筆"(珠子笔)。我在回来的火车上想到了各种译词。既然有像"電卓"(台式电子计算机)或"携帯"(手机)这样的词留下来,为什么电脑非要说成"コンピューター"(译注:电脑的外来语)呢?

气恼于片假名的时候,我就尝试写文章不用片假名。结果,字面变得沉重,没有张弛,十分粘稠。我又生气于汉字,打算只写平假名,结果文字意象绵软、纤弱,立不起来。到底还是只能片假名、汉字和平假名混合着用。因为这些都是日语背负的历史,所以是无可奈何的。诗歌和小说有时会通过有意识地面对短处而变得有趣。我觉得或许吉增刚造①的诗歌就是个好范例。这么一想我不禁又打起了精神。

---

① 吉增刚造(1939—),日本诗人,日本艺术院成员。——译注

18 巴塞罗那 舞台动物们

距巴塞罗那乘火车大约一小时车程,有一座美丽的地中海沿岸小镇卡内特。一家名为"螺旋馆"的剧团,在这里和日本兵库县设有排练厅。这个剧团与我的交情已经很长时间了,最近他们的活动又扩展到柏林潘科区,其活动区域形成了一个三角形。欧洲自不必说,它还在世界各地的城市举行公演。其中的多语言话剧特别吸引我。

如今的时代,很多人的工作语言和日常生活中使用的语言不一样,母语又是另一种语言。我觉得螺旋馆展开的活动积极地关注着这种语言现状。

那是 2002 年 5 月,听说螺旋馆要在柏林排练我写的剧本《桑乔·潘沙》,我就去观看了。排练地点叫"Kulturbrauerei"(文化酿造所),以前是啤酒工厂,中庭很大,除了有画廊、电影院、乐器店、文学中心、餐馆等,还有几个空间可以排练话剧。《桑乔·潘沙》就是在其中一个充满着废弃工厂氛围的空间表演的。

说实话,我不太懂戏剧。尽管如此,我之前写过几个类似剧本的东西。我并非是特意选剧本这个类型写,而是觉得任何文本中都有某些部分渴望以声音或动作来显现,所以才写的。螺旋馆充分理解了我的这一点,对我来说,他们是舞台表演者,同时也是读书团体。

写东西时,我会考虑一个单词需要多少时间。我希望人们能慢慢地读我写的小说,就像读诗集那样,而不是以读普通小说的速度。否则,在脑细胞中展开单词和单词之间的联想时间就得不到保证。

听说习惯大略把握内容、用浏览的方式阅读的人默读我写的东西时会不解其义。一个单词会有发散性意象,一边捕捉这些意象,一边自己创建和下一个单词的联想,这需要一定的时间。所以不能读得太快。如果"黑暗"之后跟着"夜晚",那几乎没有了自己发现联想的余地,但如果是两个通常不在一起的单词、句子、意象放在了一起,就得自己创建关联往下读,这需要时间。因为没有正确答案,所以它也不是解谜,而是一种创造性行为。很多人觉得听朗诵比一个人默读感受到的内容更多,这种感觉可能也是因为速度吧。话剧进一步发挥出这一点,更是如此。

此外,不仅是速度,根据读得流畅还是故意卡顿,显现的意义也不同。很多时候,故意卡顿、断开单词,就会浮现出多义性。比如,将"のけもの"(被排挤的人)读为"の・けもの"(野兽)就是如此。

在螺旋馆的柏林公演中,一篇文章时而被拆分、断开诵读,时而被扭曲发音诵读,时而除了德语,还用日语、西班牙语、意大利语等其他语言诵读,在不断反复、相互叠加中,语言一度从传达信息的义务中被解放出来,踏入音乐的领域;作为观众,一边沐浴着语言的碎片,一边慢慢地构建起了独属于自己的意象。在那里鲜活起来的,是与通常的"意义"不同的、更具立体感的东西。当今时代无法用单调的描写或定义去捕捉,只能将其作为一个各种声音交错碰撞的空间来感知。对我来说,文本不是传达单一信息的手段,而是连续不断地生成新意象的建筑物,因此我更喜欢在舞台上给出它所需的空间和时间。

语言的变身术,除了调节速度、切片化、反复等,还有反向利用翻译或外语学习的难点等手段。在螺旋馆的岛田三朗执导的演出中,除了市川惠、鸟野佳奈之外,还有来自西西里岛的安吉拉·妮克特拉(Angela Nicotra)、来自东柏林的亚娜·拉达乌(Jana Radau)、来自玻利维亚的玛丽亚·南希·桑切斯(Maria Nancy Sanchez)等女演员出演。不是各说各的家乡语,而是说德语,甚至日本人说西班牙语,其他的人说日语。如果每个人只说自己的语言,就会有陷入巴别塔或寻根故事的危险。但是,这场演出中,一个人开始拥有多种声音。不是因为有各种各样的人,所以有各种各样的声音,而是每个人的体内都有各种各样的声音。因此,执着于祖国这一幻想无济于事,只有与现在在"这里"共同生活的人们在交谈中创建"世界流民"的多元化语言,才是可行之道。

"口音"的使用也非常有趣。过去住在什么样的城镇,生活中与什么样的人谈什么样的话,这些都会在每个人现在说的话中留下痕迹。例如,日本人说的德语中有日语的节奏。同样,有斯拉夫人特有的德语、美国人说的德语等等,"口音"都各不相同。即使在德国生活了几十年,"口音"里的过去也会随时在现在的话中复活。当然,同是日本人,根据过去居住在什么城镇,与谁交谈,等等,带的口音也会不同。口音是个人的记忆。从这个意义上看,甚至有刻意夸张口音的场景,比如用京都口音来说西班牙语。此外,用歌舞伎演员的风格说德语的场景,让人想起在移民群体中,说话节奏和说的语言不一定一致。前来观看的一位德国人说:"刚开始还以为是日语呢,开开心心地听着,不知怎的突然听懂意思了,吓了一跳。我很吃惊为什么自己突然就听懂日语了呢,再仔细一听,原来是德语!"

19 莫斯科 不畅销也没关系

在外语大学开研讨会时,我朗读了一段包含了大量"かける"〔从"メガネを掛ける"(戴眼镜)"アイロンを掛ける"(熨衣服)到"小説を書ける"(写小说)、"月が欠ける"(月缺了)等等〕的文字游戏的文本。之后文学研究者兼翻译者(而且是推理小说作家)齐哈利奇什维利先生笑着说:"写那种东西怎么行,都没法翻译。"确实,这些文字游戏无法翻译。但我想说,看"挂词"① 就知道,同音异义词不仅有趣,还是文学的强大伙伴。仔细想想,我用德语写的东西中,很多文字游戏都无法用日语翻译。大概是因为我是直接用德语构思,贴近语言本身去创作的吧。

当然,不能说文字游戏就一定不能翻译。比如,

---

① 挂词(或称悬词)是一种修辞方法,即利用同音异义使一词含有两种以上意义,类似于汉语中的双关。——译注

莎士比亚的日文译本形形色色，把文字游戏译得像耍杂技倒是看点呢。遇到文字游戏，才华横溢的译者会热血沸腾，更能发挥其文学造诣。

因此，越是去译囿于一种语言、翻译难度大的文学，就越能迸发出逼近语言极限的快感，从文学中获得的乐趣也就越多。朝比奈浩治（Koji Asahina）翻译的雷蒙·格诺（Raymond Queneau）① 的《风格练习》（*Exercices de style*）② 就是一个很好的例子。

读了沼野充义③先生的《迈向 W 文学的世纪——跨境的日语文学》，他说没有哪个译本能做到有一页没个一两处误译的，一本书三百页，就是五六百处。多少干过点儿翻译的都会隐约发现这一点，

---

① 雷蒙·格诺（Raymond Queneau，1903—1976），法国小说家、诗人、剧作家、数学家，文学社团"乌力波"（潜在文学工场，Ouvroir de littérature potentielle，简称 Oulipo）的创始人之一。——译注

② 《风格练习》（*Exercices de style*）是雷蒙·格诺最著名的作品之一。出版于 1947 年，用九十九种不同的方式说了同一个故事，是一部兼具游戏性和趣味性的奇特作品。——译注

③ 沼野充义（1954— ），日本知名文艺评论家、翻译家。东京大学文学部文学教授，研究方向为俄罗斯文学和波兰文学。著有《屋顶上的双语者》、《迈向 W 文学的世纪——跨境的日语文学》、《乌托邦文学论》（获读卖文学奖）、《彻夜之块：逃亡文学论》（获三得利学艺奖）等作品。译有《索拉里斯星》（斯坦尼斯拉夫·莱姆著）、《天赋》（纳博科夫著）、《新译契诃夫短篇集》（契诃夫著）等作品。——译注

但这么直接写在书里的，我是头一次读到，觉得十分新鲜。而且我觉得，这种"误译"的常识里含有破解词语边界的可能性，超越了带着道德色彩追究对错的维度。

有的人以为有了翻译，一切都可以跨境自由流通，那是大错特错的。这个世界的大多数文本要么还没被翻译，要么已经被误译。这么想着，我环顾四周，据说已变得单调的世界看起来流光溢彩。只能背着误译的包袱旅行。然而，翻译的错误和正确并不像谎言和真相那样对立。两者都是"翻译"，都是旅行，夸张地说，也许只是色彩不同而已。语言各不相同，不可能有完全正确的翻译。沼野先生还说到非常重要的一点，那就是不能因为有误译就认为作品整体译得不好。这也正是翻译的有趣之处。因此，没有什么比寻找翻译错误更容易的了。哪怕是翻译"小白"，也能指摘资深翻译家的错误。这些指正有时确实也切中肯綮，但仔细想想，往往发现那并非错误，而是只有资深者才有的"绕远路"。有的译者重视语言所包含的信息，有的重视效果。也有人基于概念和风格进行翻译。例如，乔治·佩雷克①的中篇小说中有一篇避用字母 e，据说法语中不用 e 是相当的费劲。这部作品的德语译本，也没有用 e。德语中不用 e 也是非常非常难的。可以说，在这种翻译中，译者最下劲的就是不用 e 这个理念。

时代也是影响翻译"正确性"的因素之一。莎士比亚的登场人物，说江户时代的日语好呢，还是像现在日本高中生一样说话好呢？译者不断地被逼着作决断，每一次决断就要流血。或许译者就像裸露着伤口奔跑的长跑者。跑的人艰难痛苦，但对观众来说，指着伤口很简单。

原著是没有"误译"的。但是，探寻新文体的文学，特别是在日本，常被说成是"拙劣的翻译"，由此可见，文学发现新意时，或许会表现出翻译性的特点。

文学，即便是原创的，也充满了误译似的扭曲和空白，有了这种空白才是流动的，所以，如果翻译是必要的恶，那文学也是必要的恶。不，甚至是

---

① 乔治·佩雷克（Georges Perec，1936—1982），法国当代著名的先锋小说家，他的小说以任意交叉错结的情节和独特的叙事风格见长。1978 年出版的《人生拼图版》是法国现代文学史上的杰作之一，被意大利作家卡尔维诺誉为"超越性小说"的代表作。——译注

没有必要的恶,是"不必要之恶"。但是,正如沼野氏所写的那样,恶也有恶的乐趣,有时甚至比善更有趣。而且,正因为没必要,才更好玩。

我和沼野氏以及岛田雅彦先生、山田咏美女士在 2002 年 3 月去了莫斯科。我再次见到了齐哈利奇什维利,还与弗拉基米尔·索罗金①、塔吉亚娜·托尔斯泰娅②、维克多·奥列格维奇·佩列温③等俄罗斯当代作家进行了会谈。

在莫斯科,我还看了俄罗斯先锋派的画展。看了亚历山德拉·埃克斯特④的画,我一下子就喜欢上了。颜色和形状在喧嚣中逐渐形成建筑物,这一过程仿佛被画了下来,那里既没有完工建筑的忧郁

---

① 弗拉基米尔·索罗金(Vladimir Sorokin,1955—),美籍俄裔著名社会学家、当代作家、剧作家、编剧、画家。俄罗斯后现代主义文学杰出代表人物,被誉为"伟大的俄罗斯作家"。著有《暴风雪》《蓝色脂肪》《一个禁卫兵的一天》等十余部小说、一系列戏剧电影作品和中短篇小说,获得多项文学奖项,作品被翻译为二十几种语言。——译注
② 塔吉亚娜·托尔斯泰娅(Tatyana Tolstaya,1951—),俄罗斯作家、编剧。——译注
③ 维克多·奥列格维奇·佩列温(Viktor Olegovitch Pelevine,1962—),俄罗斯后现代派小说家,被认为是当今俄罗斯文坛最突出、最具影响力的作家之一。——译注
④ 亚历山德拉·埃克斯特(Aleksandra Ekster,1882—1949),先锋派画家,立体未来主义者、至上主义者、建构主义者和设计师,是获得国际认可的最著名的俄罗斯前卫女画家之一。——译注

沉重，也没有未完成建筑的无用颓废。虽说是一座建筑，也并不是建筑师精密的规划图，而是让人联想到，晚上众人离开后的景象，建筑工地上的钢管、木板和钉子沐浴着月光，恣意狂舞。令人恐惧的魅惑，让人百看不厌。画册中还有她构思的舞台和表演服的画作。戏剧，对她来说或许就是动态的绘画。从莫斯科回到汉堡，碰巧汉堡的工艺美术馆也在举办俄罗斯先锋派画展，还售卖以前举办过的俄罗斯先锋派女性画展的画册，我就买了一份。这次的展览更像是把从先锋派到社会主义现实派的转变当作一个连续的过程而不是断续的片段来呈现，我有点受刺激的是其中有很多作品我也不知道属于哪一派。这个展览就是旨在刺醒我这样的"对先锋主义就ok、社会主义现实派就no的，看历史非黑即白、头脑简单"之人吗？看完这个展览后，我甚至再也没法平静地看娜塔莉亚·冈察洛娃①的那有点民俗风的农民画以及圣像般的静态使徒画作了。我总觉得：那结实的肩膀更有棱角一点，稍微歪斜的下巴画直些，马上就成为社会主义现实派了。问题在于每个

---

① 娜塔莉娅·冈察洛娃（Natalia Goncharova，1881－1962），俄国女画家、雕刻家和舞台设计师。——译注

人物都似乎理所当然地拥有自己的身体——身上都有一种自己当家做主的精神面貌，而且，他们身上感受不到孤独——农业或工厂劳动让他们彻底成为了社会的一部分。实际上，这不就是在那种身体实际早已不在的节点作为理想而构建的模型吗？所以显得有些虚假。这种理想化身体模型，往往被有意地强加给他人。

与此不同，埃克斯特的画中没有这样的人物面貌。事物也好，人也好，都在能量的光谱中扩散。她的画作充分反映出我们的身体以及语言和空间已经无法用"个体与社会"这一公式来把握，既令人不安又令人着迷。

我觉得这个问题不限于绘画，也不限于俄罗斯。不可思议的是，在日本这个资本主义国家我们也会被强推"汗流浃背、辛勤工作的淳朴人民"的画作。有时也会利用这种"平民"形象来攻击所谓的实验性艺术。读笙野赖子"纯文学抨击"的杂文，就能了然一切。部分媒体抨击作家"不为读者服务"和"不能描写普通劳动人民形象"。若只是因为销路不好而抨击，那还很可爱，因为那是单纯的商业主义，但媒体是把他们作为"平民的敌人"来抨击的。若是发生在苏联,这种情形不值得大惊小怪,但在日本竟也有这等事,只能说是太不可思议了。在苏联,工人的生活是有保障的,只要不批判体制,作家的生活也是有保障的。作家协会的会员,即便不写小说,每个月也有工资。20世纪80年代,我曾被带往只有作家才能入住的公寓、只有作家才能购物的商店等。在这种体制下,国家说"劳动者是国家的主人,小说的主人公也必须是劳动者",作家靠税金吃饭就得为劳动者服务,这也有道理。但是,日本的劳动人民,生活还没被保障到"国家主人公"的程度。只在打击先锋主义时,才突然被当作例证,这不是无事生非吗?另外,小说家也不是吃国家饭的,没有义务为任何人提供公务员式的服务。可偏偏就是在日本,大家心中的秘密警察却在禁止散文实验。

说实验小说啊、先锋派啊有些唬人,我这里指的并不是特别"复杂"的小说,只是一个简单的问题,即在写作时是否意识到语言、文体、文学史、方法等,并不特指极端的实验文学。这种程度也许可以说是写东西时最起码的准备。当然,这并不意味着奋笔疾书时一直以合乎逻辑作判断。有时会陷入难以言表的陶醉状态，也会在无意识中掺入各种各样的因素。但是，我们需要时刻认识到，"人类"并不是理所当然的存在，文字也不会自然而然地从脑海中流出。纵观现代俄罗斯的小说家，无论是索罗金，还是佩列温，一眼就能看出他们有着清晰的方法论意识。

在座谈会上，索罗金说："读者怎么看我的作品都没关系。"这种说法在欧洲作家中很常见，但在日本，很少有作家会这么说。果然，山田咏美立刻反驳道："我不相信你认为读者无所谓。"会议以意见分歧结束，后来聊到其他话题时，索罗金说："我很高兴我的小说在日本出版日文译本，并且一下子受到女孩子们的欢迎。"咏美不失时机地立刻回击："你刚才说读者不重要，果然是骗人的啊。"我佩服于她对人的敏锐观察和快速反应，看了一眼一时间有些语塞的索罗金，我忍不住笑了起来。但后来我想，不预设对象是作家的聪明之处，想写畅销小说，进而更受女孩子欢迎，这是男人的肤浅，两者之间并没有直接的关系。

莫斯科的城市面貌，和我八十年代常来访时已截然不同。苏联解体后出现了麦当劳，"汉堡包"

"芝士汉堡"等词就用西里尔字母拼写，让人不禁哑然失笑。那时，我终于理解了学了日语来到日本，读到片假名写的"汉堡包"就忍俊不禁的德国人的心情。我觉得西里尔字母的"汉堡包"很"日本"。看到西里尔字母写的"credit""bank"等词，我感觉就像俄罗斯的梦想被资本主义玷污了，有点不舒服。我对德国没有感情，但对俄罗斯却怀着一种感伤的依恋。不过，这也许像一个日本爱好者看到"信用"在日本用片假名写，想到"失去的美丽亚洲"而悲伤一样，都是没有意义的感伤主义。与其成为"俄罗斯爱好者"，我更想多读一读、多看一看现在的俄罗斯。

20　马赛 语言解体的地平线

马赛和汉堡因为同是港口城市,所以结成了友好城市,并因此有了个作家交流项目:在译员的帮助下,举办互相阅读、互相翻译对方作家作品的工作坊,每年各派两三人访问对方城市。1999 年夏天我作为汉堡的作家在马赛待了十天,和我一同前去的约阿希姆·赫尔法(Joachim Herfa)法语很好,但马赛的作家中没有人会德语。

在译员的陪同下,我们从早到晚猫在图书馆的一个房间里一起工作。刚开始我想,做这些有什么用呢,如果两三天还行,可是十天都这样也太长了吧。但是主办方一位热心的女士说,短了就没有意义了。我觉得她说得有道理,决定听从对方的安排。

现在想来,没有哪个项目比这个更能让我在多方面受益的了,所以我觉得参与其中真是太好了。在马赛,我不仅结识了后来将我的两本书翻译成法语的伯纳·班农,还每天从早到晚使劲听我听不懂的法语,体验了以前从没有过的特殊的精神状态。和我结对的是一位叫作威罗尼克·瓦西里耶(Veronique Vasirier)的年轻作家,每天光是听她说的话和译员翻译的我说的话,就要连续听四个小时的法语。不懂法语,"听也白听",似乎闭上耳朵就行了,但是置身于对话状态,反而全身都变成耳朵了。我既没觉得不得不听,也没觉得听也白听。倒不如说,由于语言的声音,以及声音具有的动作、温度和光线,我感觉自己有一种奇妙的充实感。那里一切都有,唯独缺了意义。到了晚上,异变发生了。我像被注射了"毒品"一样,生平从未做过的怪梦连连。红绿蓝色的蛇贴着地面逼真地四处爬行,树芽晶莹闪亮。树芽的绿色,越过了正在观看的我和我看到的图像之间的间隔,延伸到我的体内。而且,我清楚地知道,蛇和树芽的"实质"是语言。这语言并不抽象,而是生动鲜活,仿佛已嵌入我的肌体之中。而且,我的情感失去了盔甲和衣服,赤身裸体地站着。只消一点空气的颤抖,我就想哭泣,想大叫,想杀人。我预感这样下去事态会很严重。因为,毕竟语言和事物之间的界限消失了,裸露出神经了啊。难道我悄悄寻求的就是这样一个世界吗？恐惧的同时，我也从未体验过如此高密度的生命。也许，语言的本质就是"毒品"？

工作坊结束后的第二天，我们在马赛的小剧场举办了朗诵会。第二天，大家飞往汉堡，在法国文化中心举办另一场朗诵会。我在出租车里一直跟约阿希姆·赫尔法说话。工作坊的热度尚未减退，我俩聊得火热，忘记了时间的流逝。猛然间回过神，我发现司机正在跑一条陌生的道路。从机场出发，理应笔直地走一条路就行了，但是他每逢一个街区就左转或右转，像老鼠一样在住宅区穿行，而且速度惊人。仔细观察，我发现熟悉的建筑物时隐时现，方向似乎是正确的。走笔直的大路就行了，为什么偏要绕来绕去呢？年轻的司机紧咬着牙关。噢，原来这样！我明白了，因为我们在那就文学高谈阔论，他感觉被无视，被排斥在外，所以生气了。以前也有过这样的经历。日本的很多出租车司机都是全身心地投入，是职业司机，但德国的出租车司机中很多人原来是教师、生活困难的诗人或艺术家等等。这个司机可能是心里想着，这些搞文学的家伙们高高在上，只当咱是个司机，所以才讨厌地猛踩油门的吧。城市是他的语言，小巷是只有他才通晓的语法。司机就像穿行在迷宫中的小白鼠一样，一边滴溜溜地转弯,一边不断狂奔。我开始感到恶心,甚至想哭。好不容易回家了,却被出租车司机抢去了"方向盘"。这不就像我迷失在法语中的时间的延续吗?

回想起来,法语是我听不懂却倾听时间最长的语言了。多亏那次经历,法语在我心中开始占据"纯粹语言"的地位。既然听了这么多年,赶紧学习就不行了?但在这种状态中,有一种难以舍弃的滋味。也许不久之后我就会开始学习,但我想珍惜在此之前的"缓刑期"。完全不能理解、或只能理解一点的状态,从这些中该能提取多少灵感去刺激创作啊!我学德语时,完全没有余力去观察这些。但是现在,我觉得自己在某种程度上,可以听任自己处于一个无法用某种语言顺利沟通的状态中,反而能详细观察和记录自己跌跌撞撞的样子,且不会太受伤。人一旦学会了交流,就一味地交流。这也不是什么坏事,但是语言还有更加不可思议的力量。或许,我实际上在寻求一种从意义中解放出来的语言。尝试走出母语,不断寻求多元文化交织的世界,或许都是因为,我期待以此到达语言解体、不被束缚、语义消亡之前的极限状态。

第二部

实践篇 德语的冒险

1 空间照料者

我在汉堡大学读书时,有次听说大学里有场有趣的讲座,就打电话给认识的人,问"在哪个Zimmer?",结果对方在电话那边笑了一下,然后说了地点。我一直很在意她为什么笑。后来,我明白了,教室是不说"Zimmer"的。可以说"Klassenzimmer",只说"Zimmer"就很奇怪。这时候说"在哪个Raum"就可以了。这一点不是我查字典搞明白的,而是几年后,我突然想起那个场景,自己意识到的。确实,"Zimmer"的感觉是铺着地毯(当然不铺也可以)、布置有家具、温暖而私密的空间,和冷清空旷的教室印象悬殊。这是我通过与不同人的不断对话,才逐渐明白了超越单纯的词义之外词语的含义。

反过来,起居室或卧室也能说"Raum"。一切空间都是"Raum",它的词义非常广。空间和时间的抽象概念也是"Raum",正如人们常说的那样,德语有趣的地方,也许在于日常生活中使用的单词和哲学文本中出现的单词是一样的。也因此,我们可以将极其日常的场景直接联系到抽象思维中。

例如,职业"Raumpflegerin",俗称"Putzfrau",即所谓清洁工。虽然"Raum"的抽象和生硬给人一种冷冰冰的感觉,但它客观看待清扫工作,或许是在试图消除历史上积累的歧视性成见。直译就是"究竟照料者",或者也可以说"空间护士"。那么如果房间脏乱,就意味着房间病了。从这个例子也可以看出,拙劣的直译,有时会产生诗意的效果。"Raum"前加 t,"Traum",即梦想。诗人金卡·斯坦瓦克斯(Ginka Steinwachs)利用这一点,在"Raumpflegerin"前加 t,造了"Traumpflegerin",即"梦想照料者"这个词。

预订德国特快列车 ICE 的座位,会被问是"Grossraum"(普通车厢)还是"Abteil"(包厢)。日常用语中也包含"Raum",比如游泳池的更衣室"Umkleideraum"等。Raum 这个词出现得太频繁了,以至于不为人们所留意。即便如此,它的抽象性也并未消失。储藏室为"Abstellraum",也叫

"Abstellkammer"。"Kammer"比"Zimmer"昏暗且满是尘土,这是我个人的想象,其实即使灰尘不太多也可以是"Kammer"。说"Kammer"是指昏暗且满是灰尘、少有人进的空间,有点对不住"Kammermusik"(室内乐)。或许更准确地说,"Kammer"指的是狭小的空间。

有个词"Spielraum",日常生活中很常用,如指行程安排不紧张,很从容,有回旋的余地。总之就是有空间才能活动开来的感觉。由于"spielen"(游戏)的含义也很广,这个看似平凡的词的词义多得简直令人眼花缭乱。

我喜欢的单词还有"Zwischenraum",指物与物之间的空间。很难译成日语。因为日语的"空間"(空隙)本身已经包含了"zwischen"的含义。

前些日子,在施瓦本贝格城举行的文化节上,有一场关于某个项目的小组讨论。这个项目,是请十几位诗人在大自然中寻找自己喜欢的地点,写下有关风景的诗歌,然后请瑞士著名的建筑师彼得·卒姆托(Peter Zumthor)在那里建造小型建筑,并将诗作放置其中。游客可以漫步在村庄田间或小树林中,阅读那些诗歌。该项目始于这样的想法:诗歌存在的空间不只是在书本上,诗歌的"Raum"也可以是户外的建筑吧。

讨论中有几点我认为很有趣。其中一点是,一位名叫瓦尔特·芬德里希(Walter Fendrich)的音乐家说,并不是先有空间,然后放进物体,而是物体的存在本身就是空间。演奏出一个音符,这个音符并不是在产生后占据了已有的空间,而是创造了空间。一个想法浮现在脑海,这个想法也创造了空间。即,不是先建造一个容器,再填满它,而是创造话语,话语本身即为空间。那些以为制造了容器,就是创造了文化,热衷于建造美术馆、音乐厅和文学馆,却对其中的内容漠不关心的人,我想请他们听听上述这番空间理论。

2　只是一个小小的词语

语言或伤人，或气人，或予人慰藉。例如，有"nur"（仅，只）这样一个短小的词，它在日语中通常被翻译为"しか""ただ"或"だけ"。仅凭这点，或许还不能认为它能左右人的心情。但我就多次因为这个词而惹人不高兴。

现在我还清楚地记得，接受完北德广播电台的采访后，我问当时负责文化节目的那位年轻女士："Arbeiten Sie nur für den NDR?"（你只制作北德广播的节目吗？）结果她面露不悦："Wieso? Das reicht doch!"（怎么了？难道还不够？）我一下子不知如何是好。当时，德国的很多电台都因为财政原因在裁员，越来越多的人成为自由职业者，或不得不同时兼职于多家电台。我是想问她是不是在别的电台也做节目，我的话却让她感到了侮辱。

后来，我把这事讲给一个德国人 B 女士听，她说:"那人有点儿神经过敏吧。nur 这个词不坏。"

然而,那件事过去很久以后我发现,"nur"这个词还是谨慎使用为妙。有次我和诗人托马斯·克林(Thomas Kling)交谈,他是诗人,当然对语言非常敏感,而且对不喜欢的说法和态度他会立马直截了当地指出来。记得是在格拉茨的一家咖啡店,我们在谈论戏剧时,我说日本能乐和歌舞伎演员通常只用古日语或类似语言说台词,因此如果要用德语演出,不能译成现代的标准日语,得译成相应的古语。说这番话时,我用了"nur"这个词。结果,他立即说,不是"nur",是"ausschliesslich"吧?那一刻,我才明白,确实如此。

当然,这两个词的区分在口语中并不严格。如果担心被人以为是在责难或轻视,那最好用"ausschliesslich"。这也许与日语中"しか"和"だけ"的区别有些类似。如果说"あの人はドイツ文学だけをやっている"(那个人只搞德国文学),没办法,那是他的专业。如果说"あの人はドイツ文学しかやっていない"(那个人就只搞德国文学),则隐含了其他他也应该做的意思。

尽管如此,"ausschliesslich"这个词不仅死板,而且有点冷漠。也许是因为动词"ausschliessen"有"拒之门外"的含义，我总是不太喜欢这个词。比如我只搞文学，不搞音乐，也不搞绘画——不是基于一个明确的决断，而是我这也想做那也想做，但毕竟能力和时间有限，最终其他的什么也没搞——于是我下意识会说"Ich schreibe nur"（我只写作）。结果，被人笑话说："你经常说 nur 啊，意思是只搞个文学没什么大不了的?"尽管如此，"nur"这个词里有些东西契合了我的心情。

和"ausschliesslich"意思类似的，还有一个词"lediglich"，而我更不喜欢这个词。顺便说一下，我使劲说对单词的喜好，因为我认为好恶对语言学习很重要。不喜欢的单词最好不要用。又不是学校的供餐服务，要把"不要挑食，全部吃掉"作为座右铭，那语言的感觉就会变迟钝。如果不喜欢一个单词，哪怕自己一时半会儿说不清，也一定有什么理由，这种理由与个人记忆和美学有关。所以，我索性任性到底，用词全凭喜好，并努力用语言告诉别人我为什么不喜欢它。

那么，我为什么不太喜欢"lediglich"这个词呢，可能是因为在说"我只是在履行自己的义务"

或者"我只是在主张自己的权利"等话时,这个单词经常被拉来用的缘故。"我只是在履行自己的义务"听起来像是警察在逮捕游行示威的人,却被周围的人责难时的辩解。这个词让我联想到一副自闭的、公事公办的、疲惫的、死板生硬的、文件似的毫无生气的面孔。

"nur"小巧而可爱。用"だけ、しか、のみ"有什么不好?"nur"聚焦于一点,让其闪耀。Ich möchte nur Dich einladen. Bei mir gibt es nur Gutes zu essen.(唯有你我想邀请。唯有美味佳肴在我那里。)限定反而会增加价值呢。

"nur"还有安慰人的效果。说"Nur zu!"(来吧!)或"Nur nicht ängstlich!"(别害怕,来吧!),也是为了安慰和鼓励对方。这一点类似于"einfach"(简单),这个词也可以用来安慰人。例如,假设有个人想去大学询问如何办理入学手续,他既没有入学申请表,也没有旅居许可,也不知道得先去政府机关,口袋里还没钱,也没找打工的地儿,德语还不好,等等,有种种不安和烦恼。再加上大学办事处很可能还有态度恶劣的办事员。对如此踌躇不前的人,带着"不管怎样咱总有权利去问问吧!"的鼓励,我们可以说"Du kannst einfach hingehen und fragen, ob..."(就去问问吧……)。

就像这样,一个小小的词能让人生气,也能给人慰藉,说不可思议也确实不可思议,既好玩也有危险。

3 说谎的语言

今年我又做巴登-符腾堡州某文学奖的评委了,读了投寄过来的原稿。今年的题目是"Wenn die Katze ein Pferd wäre, könnte man durch die Bäume reiten?"(如果猫是马,是不是就可以骑着它奔驰在林间了?)。文学奖竟然有题目,说奇怪也确实奇怪。但是,定个题目,从另一个角度来看也很有趣。当然,这不是考试作文题,所以,否定题目,或间接处理,或仅一带而过,或只作外引,都随作者便。

读着这些应征作品,我觉得有趣的是,人们对题目中"谚语"的反应如此多样。有人让笔下的人物说"猫不是马,假定猫是马就如何如何,本身就很愚蠢",或干脆说"我对童话不感兴趣",等等。

德语中有个说法:"Erzähle mir nur keine Märchen."(别编那种童话故事。)在日本"おとぎ話"(童话故事)也常被用来指代非现实的故事,带有一些轻蔑之意。

含有非难或轻蔑之意,形容非现实的词,日语中还有"絵空事"(虚构,夸张)。绘画被用作比喻谎言,也真是恼人。当有人说这是"絵空事"时,是不是可以反问:"你是说照片更准确?"

"作りごと"(胡编乱造)、"でっちあげ"(捏造事实)、"作り話"(虚构情节)、"でたらめ"(胡说八道)等等,这些词都是编造,即虚构之意,感觉都不是什么好事,但没了虚构,那才叫后果很严重呢。虚构是理解事物的框架,没了虚构,我们就会一头雾水,失去生活的方向感。

走进美国的书店,你会发现,书大致分为"虚构"和"纪实",极其简单和粗略。吃惊之余,又觉得或许这样更容易让顾客理解,也更实用。德语中情况有所不同,说到"Fiktion",是指在更抽象意义上的"虚构",不用作题材分类。这一点我挺能理解的。自传或史书严格来说,也是作者按照自己的史观收集资料,解释、选择、填补空白、重新编排的,也是虚构。我觉得日记也是虚构。虚构并非说谎,而是借助语言搭梁建墙,建造框架。

如果在德国找一下相当于美国的"虚构"和

"纪实"的分类，很多情况下是"Literatur"（文学）和"Sachbücher"（实用书）。

音乐中有没有用音乐体裁来隐喻伪饰现实的例子呢？没人会指着一个谎话连篇逃避责任的人，说"那家伙正在演奏赋格曲"，也没人会说几个沉瀣一气、一起撒谎的家伙只是在"演奏弦乐四重奏"。德国的谚语中，时不时会出现小提琴，但这并不是说谎的意思。"拉第一小提琴"，意味着领头指导；"拉第二小提琴"是指幕后人物。"jemandem gründlich die Wahrheit geigen"（用小提琴彻底地演奏真相），意思是直言不讳地说出真相。音乐不会被认为能说谎，我们搞文学的人是不是该嫉妒了？也许是因为音乐与现实看起来完全不同，因而无法成为比较对象吧。文学和绘画似乎在描绘现实而现实并非如此，所以被说成说谎者。写到这里，我想起日语里有个说法——"法螺を吹く"（吹海螺，意为吹牛皮），于是松了一口气。看来音乐也会扯谎。

戏剧本质上就是骗人。不是表达自己的真实心情，而是为了表演，所以言辞夸张、无所顾忌，被称为"Theater machen"（演戏）。日语也说"芝居する"（演戏）或"芝居がかっている"（带有表演性)。"見えを切る"(亮相,故做夸张姿态)也来源于戏剧。

说起演戏和真心,特别是德国北部,人们有一种非常讨厌伪装自己真实感情的倾向。还有个比喻"die Maske"(面具),意思是隐藏在谎言背后,不表露真心。顺便说一下,日语中也有"能面のよう"(像能面一样面无表情)的说法。但是,这个说法怎么能在日本成立呢?太奇怪了!真有人认为能面没有表情吗?在我看来,没有比能面更富有表现力的东西了。倒不如说,比起面具,"猫を被る"(装傻扮乖,惺惺作态)的说法要有趣多了。

德国一般比日本更反感日常生活中的演戏。经常有德国人说:"在美国和日本,店员都太热情了,谁知道是真心还是演戏,让人不舒服。"我所在的汉堡,就有很多店员对顾客表情冷淡。倒也不是不热情,而是认为只因对方买个东西,就喜笑颜开的,不合适。心情不好就直接用不开心的表情示人,这才是诚实的表现。我在日本长大,习惯了购物时店员的热情友好,所以看到店员爱答不理时会不高兴。但我带着这种想法回到日本,看到电梯女郎之类的人,又觉得不舒服,想赶紧回汉堡去。在日本,即便面对讨厌的顾客也要微笑应对,这种服务态度一般不仅不会被责难,还早已是常识。如果你问日本的店员"是在演戏吗?",你猜他会怎么回答?可能会回答:"不,这是工作。"

4 藏在词语里的虫子、植物等

在都柏林我办了次德语工作坊。我写过一本名为《顾客》(*Ein Gast*)的小说,都柏林大学学院的德语老师就让我以其中出现的"跳蚤市场的联想"为题上课。这个"跳蚤市场的联想"我得解释一下。

在《顾客》这部小说中,有个场景是主人公路过跳蚤市场,由跳蚤展开了各种联想。"跳蚤市场"这个词很普通,也很常用,一般也不会让人想起跳蚤之类的;但是把"市场"去掉,只说"跳蚤",就会发现这是个耐人寻味的词。脑海中还会浮现出"jemandem einen Floh ins Ohr setzen"这个成语。其字面意思是"把跳蚤放入某人耳中",实际指向人灌输某种想法或愿望,被灌输的一方很在意,因而失去了冷静。我能理解身体里进了虫子而失去理智的感觉,日语中也有类似表达,但不是跳蚤,是"虫子"。"虫子"代表了潜意识,不过不是被人放进

去的,而是好像本来就住在人的身体里,它会无视人的理性意志,擅自采取行动。这只"虫子"待的地方不对(虫の居所がわるい/情绪不佳)的话,即使是鸡毛蒜皮的事,人也会立即焦躁起来。有时"虫子"还会无来由地不喜欢(虫が好かない/觉得讨厌)某人。还会有"虫子"的预感(虫の知らせ/不好的预感),或者腹中"虫子"无法平静(腹の虫が治まらない/控制不住感情,怒火难消)的情况。

像这样的复合词或成语,虽然其中隐藏着有趣的意象,但我们用时往往毫不在意。有意识地去注意这些,是这次工作坊的目的。学习外语时比用母语说话时更容易注意到这些,我想可能是因为外语单词在头脑中的分类储存不同于母语吧。例如,母语是日语时,"虫の居所が悪い"(情绪不佳)这一表达和"機嫌が悪い"(心情不好)放在同一个记忆"抽屉"中。母语不是日语,"虫の居所が悪い"这个说法,是和"鈴虫"(名为'金钟儿'的昆虫)、"虫歯"(蛀牙)和"弱虫"(胆小鬼)等单词放在同一个抽屉里的。母语里的成语,就像餐馆里上的菜,直接食用即可。而外语里的成语,可以生动地看到生成过程,像买来的半成品副食品,就想自己加个

萝卜啦，胡椒啦。研究纳博科夫①的学者告诉我，纳博科夫把英语成语"to cut a long story short"（简而言之）稍加改变，写成"to cut a long story quite short"。日语的成语或许也可以鼓捣一下，把"手短に言えば"说成"手短なだけでなく，足短に言えば"（"手短に言えば"是简而言之的意思，"足短に言えば"则是添加"足"后杜撰的"成语"）。

由于不是母语者，不能轻易直接享用现成的菜肴，因此利用这一困难，从外部观察语言，将其作为文学刺激来享受，是本次工作坊的意图。

一位爱尔兰德语教师、大学生们、学德语的高中生们等聚在一起，我们一共进行了两次课。德国教师不仅旁听，也开心地积极参与。第一次工作坊收集类似"跳蚤市场"那样的，非常普通常用，但可以拆分，拆分后每个词的含义都会浮现出有趣的意象的复合词。一位学生找的第一个单词是"Faulpelz"，意思是懒惰的人。直译是"腐烂的毛皮"。这位学生还提出了"Frühstück"（直译为"早

---

① 弗拉基米尔·纳博科夫（Vladimir Vladimirovich Nabokov, 1899—1977），俄裔美国作家，同时也是20世纪杰出的批评家、翻译家、昆虫研究专家。——译注

上的一片"，意思是早餐）这个词。还写了个故事：主人公早上起床时，拖着像腐烂毛皮一样的软绵绵的身体，把不想吃的早餐，一片一片地（Stück für Stück）地勉强塞入口中。那些害怕早起的人，应该对这点很有共鸣吧。还有一位高中德语老师，他找了一些含有动物名称的单词："Katzentisch"（直译为"猫桌"，意思是聚餐时，分开来让儿童单独坐的小餐桌）、"Affentheater"（耍猴儿，闹剧）、"Hundewetter"（直译为"狗天气"，意思是恶劣的天气）。还有人找了一些花的名称。蒲公英是"Löwenzahn"（狮子的牙齿），三色堇是"Stiefmütterchen"（继母）。本来很漂亮的花儿们，让人觉得像是露出了獠牙，或许就是因为名字的缘故吧。收集完单词后，我们有了一张列表。每个人从中挑出自己认为特别有趣的、能引起心灵共鸣和启发智慧的词，一个或多个都行，然后据此写一篇短文。比如，"Atemzug（呼吸）"去掉"Atem（气息）"后，只剩下了后面的"Zug（火车）"。有人就写了一个搭乘自己的"Atemzug（呼吸列车）"去旅行的故事。在第二次课上，大家先收集了含有身体部位名称的德国城市名，如，"Dortmund（多特蒙德）"中含有"Mund（嘴）"，

"Darmstadt（达姆施塔特）"中含有"Darm（肠子）"。还有一个叫作"Itzehoe（伊策霍）"的城市，不是很有名，在汉堡的西北部。然后每人挑选一个写一篇短文。有位参与者就"Itzehoe"（伊策霍）这个城市写了一篇虚构的观光宣传册。"der Zeh"是脚趾的意思。根据这个虚构的宣传册，该城市被分成了十个区，沿河两岸呈扇形各排列五个区，其中最北边的两个区较大，最南边的两个区较小，剩下的六个区大小差不多，每个区商业街的地砖一到夏天就涂成了红色，闪闪发光。此外，大家还举出了"Saarbrücken（萨尔布吕肯）"（Rücken＝脊背）、"Maulbronn（毛尔布龙）"（Maul＝嘴）、"Potsdam（波茨坦）"（Po＝屁股）、"Garmisch-Partenkirchen（加米施-帕滕基兴）"（Arm＝胳膊）、"Rehmagen（雷马根）"（Magen＝胃）等等的地名。而且，如果城市的区名也算的话，柏林还有"Kreuzberg（克罗伊茨贝格）"（Kreuz＝腰部），慕尼黑有个地区叫"Haar（哈尔）"（Haar＝头发）。

语言游戏让我们暂时把语言从交际工具这一角色中解放出来，从而得以触摸到语言的本身。然后我们会发现，这样既可以了解到书写在语言"肌体"里的文化史，还能探访到名为"心灵"的梦幻小镇。日本的江户时代曾盛行过文字游戏的文化。再往前追溯，还有"掛詞（双关语）"的传统，可见文字"游戏"对于文学来说是多么重要。说到德国，或许是因为普鲁士旧有的印象，很少有人一听到德语就勾起玩兴。但我还是希望人们能够用德语尽情地玩一玩。

5 对"月"的误译

前些日子,一位生活在德国的日本人对我说:"我读了松尾芭蕉①的《奥州小路》的德语译本,翻译得也太奇怪了吧?"以前也有人说过同样的话,往往还要加上一句常有的评论:"到底还是似懂非懂啊。"他们这么说是因为他们深信:只有日本人才能对日本的古典作品有真正意义上的理解。我想,如果和国外优秀的日本研究学者交往一下,这种"深信"很快就会土崩瓦解的。

回到《奥州小路》上,那个人说,开头的"月日は"句,翻译就是错的。我自己读时不记得有错误,所以特意核实了一下。看到"月日は百代の過客にして"(日月为百代之过客)中的"月日"被翻译为"Sonne und Mond"。那个人说,所谓"月日"

---

① 松尾芭蕉(1644—1694),日本江户时代诗人,原名宗房,别号桃青。——译注

是时间的意思,翻译成"太阳和月亮"是一个低级错误。这种看法也许很普遍。也就是说,这不就像"矛盾"不译成"Widerspruch",而是译成"Hellebarde und Schild"(矛和盾),或者"水商壳"(日语指女子卖春)翻译成"Wassergeschäft"(水—工作)一样吗?

然而,这个《奥州小路》的德语译本是很美的。我思考了一会儿,看法如下:中世纪的人说"月日"时,不就是具体的生活感觉吗?他们指的就是日出日落、月升月起的情景,并不是一种隐喻。和我们现在看一眼电脑屏幕下方的数字,"哦,今天是5月18日""哦,已经十点了",是完全不同的。当然,现代也有太阳和月亮,但它们早已不是计量时间的工具了,因而所谓"月日"成了一种比喻。然而,我觉得直译,甚至被人认为是"误译"的直译,有时可以帮助我们回到语言的原点,把语言从比喻的衰退中拯救出来。

《奥州小路》以"月日"开头很美,德语译本以"Sonne und Mond"开头,也很美。用"Zeit"(时间)就太抽象了。我脑海中不知怎的,浮现出了一个具体的意象:窗外,月亮来天空做完客,然后又回去了。还从来没想象过月亮是天空的客人呢，我的心被这个意境深深地触动了。

类似的例子还有，《雨月物语》① 的"雨月"在德语译本中变成了"Regenmond"，一位日本学专业的学生说，这不就是"Regenmonat"的误译吗？惭愧的是，我从未深入思考过所谓"雨月"到底是什么意思。是指阴历五月，还是指在下雨天出现的月亮？更惭愧的是，我也没有认真考虑过下雨时是否也能看到月亮。月光反射在雨水上闪闪发光，这也许只是我擅自加以想象所浮现出的美丽意象吧。

话说我读了德语译者的后记，发现里面说"Regenmond"是作为阴历五月的意思翻译的。换句话说，是有意这样翻译的。本来德语里没有这个词。但是，如果使用德语中常用的"Regenmonat"，那么它只指雨季"Regenzeit"，缺少了氛围。这让我几乎想起了东南亚的旅行指南上经常写着：这个季节是雨季，不建议您出行。然而，虽然我对"Regenmond"的意思不太有把握，但就是觉得它让人心生

---

① 《雨月物语》，是日本江户时代后期"读本小说"的代表作品，作者为上田秋成。全书由九篇志怪小说构成，这些故事多改编自中国白话小说。——译注

向往,很好地传达了《雨月物语》的氛围。所以,可以说,这处被学生说成是"错误"的翻译是成功的。

找不到恰如其分的说法,只好造了个新的译词,这是所有译者常有的体验。这让我想起很久以前我写的一首日语诗《月的逃走》,其中有这样一句:"月のような不安、月のような憂いも消えて。"(如月亮般的不安,如月亮般的忧愁消失了。)译者彼得·佩尔特纳(Peter Pörtner)将其翻译为:"Die mondgestaltige Angst, der mondgestaltige Kummer sind weg."他创造了一个形容词,意思是"如月亮般的"。这样翻译就造成了月亮被当作比喻来使用,而我的意思是,月亮是月亮,所以不应该用"如月亮般"来形容。这首诗讲述的其实是月亮骑上自行车逃走的故事,在这个意义上,它和时不时来天空做客,来去自如的月亮形象有异曲同工之处。

在路德维希·蒂克①的诗歌《爱的奇迹》(*Wunder der Liebe*)中有这样一句,

---

① 路德维希·蒂克(Ludwig Tieck, 1773—1853),德国诗人、翻译家、编辑、小说家、作家和评论家,是18世纪末和19世纪初的浪漫主义运动的元勋之一。——译注

"Mondbeglänzte Zaubernacht"（月光闪耀的魔法之夜），对我来说这太浪漫了，它的意象萦绕在脑海中挥之不去。浪漫主义的诗歌中经常出现月亮。

刚来德国时，我曾经觉得"mondsüchtig"这个词很有意思。直译的话是"月亮成瘾"，好像是一种梦游症。公司的同事，一个德国人告诉我，这指的是被月亮吸引而在外面梦游的人。德国的月亮会对人施催眠术吗？我害怕起来。吸毒成瘾者是"drogensüchtig"，酒精成瘾者是"alkoholsüchtig"，类似地，中了月亮的毒可以说是"月亮成瘾"，太有意思了。在德日词典中，我还发现了"月夜彷徨症"这个词。时不时有一些只见于德日词典的单词，其中有很多词非常有意思，能激发人的想象。

有时，人们会用"Er wohnt hinter dem Mond"（他住在月球后面）来形容落后于时代的人。例如，我认识的一位哲学家，他在地下室埋头于书籍四十多年，始终不受现代生活的影响，还因此出了名。据说两年前他去朋友家时，看到人家的电视说："哇，你家的电视不是黑白的，是彩色的呀，太厉害了！"看着这样的人，我想造一个日语词："月裹人"（住在月亮背面的人）。

6 引——点、线、面的故事

从一个点到另一个点,引一条线将它们连起来,这很好玩。儿童杂志里就有那种附页,依次从点引线,逐渐连成童话中的风景画等。有的还能进一步涂色,加上颜色后,线条所勾勒出的"面"就清晰地显现出来了。

和一个人交往得久了,就能了解其性格。有"Charakterzüge"(性格特征)这个词。我试造了个译词"性格线"。比如,当我们意识到某人脾气暴躁,是在第二次看到他勃然大怒时。在第一次和第二次看到的场景之间,"那人好发脾气"这样一条线就被画出来了。但是,人是复杂的,所以性格线不一定容易画。明明第一次见面很热情,第二次见面时却非常冷淡,各种矛盾要素不断增多的过程中,最后才能勉强引出几条线。画了很多这样的"线",有时候我们以为"性格"的"面"出现了,但是仔细一看，刚刚还闪现的线条下一个瞬间又消失了，怎么也成不了一个确切的面。

关于面部表情，德语中有个单词"Gesichtszüge"（面容，面部表情）。表情在脸上出现又消失，消失又出现。或许与其说是表情本身出现了，不如说是我们读懂了人眼本来看不到的东西。那就像掠过的鸟儿一样转瞬即逝。我们自以为亲眼看到的对方的脸，实际上可能是变换不定的。说什么大眼睛呀，矮鼻梁呀，等等这些静止的特征，还不如说表情本身才是构成"脸"的关键。表情是动态的，捕捉它的目光也必须是动态的。我听说食肉动物可以看清移动的物体，却不易察觉静止的物体。看到"Zug"这个词，我就想：要是人类视线也能捕捉在脸上"奔驰"或"跑过"的东西就好了。

"Zug"也指司空见惯的火车。铁路是一个城市到另一个城市引出的线。日语中的"電車"（电气列车）或"列車"等单词与"线"无关，但是"線路"（铁路轨道）这个词里有"线"，这条线将城市与城市连接起来。

"Zug"这个词与动词"ziehen"（引）密切相关，是因为第一节车厢"引着"其余车厢奔跑，所以叫"Zug"吧。"引"这个词在我们的日常生活中使用相当频繁。比如，醒来起床时，要穿衣服（sich anziehen）。有各种各样的衣服（Anzug），如工作服（Arbeitsanzug）、运动服（Sportanzug）、泳衣（Schwimmanzug / Badeanzug）等等。

很多人早餐时喝红茶，从红茶茶叶中泡出红茶的味道，这个过程在德语中被称为"ziehen lassen"。在日语中有"旨味を引き出す"（引出鲜味）的说法，但是不说"お茶を引き出す"（引出茶味），而是说"お茶が出る"（茶味出来了）。是因为开水拉拽出茶味，还是茶味径自进入开水中，我也不清楚。

话题回到早餐场景，在吃日式早餐的人的餐桌上，纳豆①拉着（ziehen）丝。此外，日本还有一些能拉丝的食物，如山药和秋葵。据说，黏黏糊糊的食物有益健康。

查看账户中是否还有钱，要在银行拉（引）出"Kontoauszug"（银行对账单）。在那上面，取款、存款、余额等都被打印出来。在"お金を引き出す"（取钱）这一日语词组中也有"引く（拉）"这

---

① 纳豆，一种有黏性并能拉丝的食品，由大豆发酵而成。——译注

个词。

拉扯孩子长大（grossziehen）也是一种"ziehen"。教养被称为"Erziehung"。住所的移动也是"ziehen"。德国的孩子到了十八岁左右，虽然还不结婚，但是往往搬出（ausziehen）父母家（Elternhaus），独立出来。再看日语中的"引っ越し"（搬家）一词，也正好有个"引"字。一开始一个人在某个地方租公寓住，或是和朋友一起住。后来，恋爱关系（Beziehung）形成，每当关系破裂或形成新的关系时，就反复多次搬家（Umzug）。也有人会逐渐觉得这个世界太麻烦，于是选择隐居（sich zurückziehen）吧。

到了晚上，在褥子上铺上"Bettbezug"（床单），在枕头上套上"Kissenbezug"（枕套），然后睡觉。这些地方也藏着"Zug"。

经常听到的表达中，有"Es zieht"。在德国，当穿堂风吹过房间或火车车厢时，经常有人会咕哝一句"Es zieht"（有风啊），然后皱着眉头连忙关上窗户。穿堂风不利于健康，和吹着电风扇睡觉一样危险，风会从肌肤夺走体温。但是，我读过一个故事，说害怕穿堂风不仅仅基于这样的理由。以前有一种迷信，认为家里有恶灵穿过的话，会发生不幸。这种对穿堂风的恐惧感，在寒冷的北方生活多年后，渐渐地就能理解了。

"引"中最有魅力的大概要数是"引"人注意的"Anziehungskraft"（魅力）了吧。看见某个人，眼睛和耳朵都被吸引过去，脚步不由自主地迈向那边。我们被无数看不见的线牵引着，活在行动之中。

7 缀文成篇

"作文"这个词想来可真乏味。作文章,"作",给人的感觉是收集材料、使用工具、拼接组装、连接起来。然而,其实写文章时,眼睛看不见的东西从皮肤表面流入空气中,而且,语言像动物一样开始活动,两者的热情都高涨,写的人进入一种忘我、甚至陶醉的状态。这与"作"这种工匠式的语感极不符合。难道就没有与写作行为般配的、更有魔力的表达吗?

德语中有"Aufsatz",怎么说呢,这个词也给人一种干巴巴、冷冰冰的感觉。它既指在学校写的作文,也指学者的论文。想要清楚地区分两者,前者称"Schulaufsatz",后者称"wissenschaftlicher Aufsatz"。论文也不是能单独成书的长篇,而是收录在论文集中的短文。

"Satz"(句子)来自动词"setzen",这个动词的意思是将合适的东西稳妥地安置在合适的地方,两者稳稳地相容,"固定"在一起的感觉。因此,当形容合适的句子放在合适的地方,西装完全合身,还有演员说的台词"得体"时,我们就说它"setzen"。

反过来,有一个词"entsetzen",比如"我很惊讶"(Ich war entsetzt.),前缀"ent"意思是离开某物。是因为遇到意外的可怕情况时大吃一惊,理应在合适的地方规规矩矩放置的理性、常识、情绪等偏离常态,处于悬空的不知所措的状态,才这样说的吗?顺便说一下,"Aufsatz"直接转成动词,就是"aufsetzen"。这个词不能用作"写文章"的意思,但是日常生活中经常用,如用在"将水壶或锅放在火上""戴帽子""戴眼镜"等等。

说到把锅放在火上,谁都有过把自己的想法放在火上,加热,使之沸腾,然后浓缩的感觉吧。有时候,煮的时间过长,煮烂了,味道都消失了。

虽然有点老,但日语中还有一个词"綴り方"(缀文)。所谓"綴"是穿词连句编织文章的意思,感觉就像纺织品。绞丝旁的"綴",左侧的丝线占主导地位,右侧的"又"像不断重复的装饰品。我感觉这个汉字就像织锦一样美丽。

在现代日语中，"綴り"，通常指狭义的书写，即拼写，但是比起"作"，我更喜欢"綴る"的语感。

1999 年我受邀到波士顿的麻省理工学院（Massachusetts Institute of Technology）做了四个月的驻校作家，其间我给学德语的学生们布置了若干次作文作业。除学期中的三次长篇作文之外，在每周两次的课后，我要他们简要写下在课堂上想到的，以及预习下次课所学小说的阅读感想，每次在课前提交给我。因为是工科大学，所以专业都是自然科学、数学、技术等，但通识课中外语和文学是必修课，所以他们选了德语和德国文学。因为不是文科，所以没哪个学生想成为作家，也几乎没人读小说、写日记。不知是不是这个原因，反倒有几个学生很喜欢上这个"作文"课，作业越写越长。除课堂上探讨的书目外，甚至连哪天与恋人吵架的事都写入了作文。有的学生发表感想说，虽然自己一般不写文章，但是一旦开始写，还觉得挺有趣的。那些用母语连信都不写的人，却以外语课的作业为契机，开始用外语写自己的感受、梦想等私人情况，这虽然有些奇怪，但在我来看，这也是一次愉快的实验。我想建议在日本学习德语的人也用德语写日记。语法、拼写和其他诸多方面也许会犯错,但是暂时不必太在意,尽量想写什么就写什么,图个开心。有意思的是,有些用日语可能会觉得状况羞于启齿的,用外语就可以坦然地写了。这样,每天写着写着,连成的系列文章像织物一样,或许创造出另一个自己。学习外语也是创造新的自我,发现未知的自我。我们是通过日语学习社会结构,学会如何与人交往,并长大成人的,所以种种这不能想啦那不能说啦的禁忌,是和日语一起编入大脑程序里的。换句话说,只要用日语写,避免触碰禁忌的功能就会自动启动。可是,使用其他语言时,这种禁忌排斥功能就失灵了,平时连想都不敢想的可能就大胆地表达了出来,或者已经忘却的童年记忆突然又复活了。

来自捷克的德语作家利伯斯·莫尼科瓦(Libuše Moníková,1945—1998),在她的处女作中说,用母语怎么也写不出主人公遭受暴力的部分,用德语写出来,成了她文学创作的出发点。

当然,有许多专家说精神分析只能用母语,但是说不定也有执意用外语进行精神分析的。母语说不出口的,有时候用外语不就容易说出来了吗?一直以来最羞耻的事、前不久哭泣的原因、自己讨厌的人等等,试试用德语把这些缀成文连成句,怎么样呢?

8　身体是容器

A先生对我说他很怀念日语的"からだ"（体）这个词。他是瑞士人，曾在日本待了好几年。"からだ"虽译作"Körper"（肉体），但两者截然不同。在日本，说"おからだに気をつけて"（请保重身体）很平常，但若直译成"请保重Körper"却非常奇怪。日语里有人对你说"お肉体に気をつけて"（请保重肉体），也会吓一跳吧。事实上，所谓"Körper"，在语感上更多的是强调性欲、食欲等会妨碍人类精神活动的欲望，译成"肉体"也许更恰当。

"请保重身体"，用现在的话说，就是"请保持健康"，但是德语里，告别时说"Achten Sie auf Ihre Gesundheit!"（请保重健康！）还是很奇怪。如果对方确实生病了，也许能这样说，但平常这样说，可能会让人家担心：是不是我脸色很差呀？

也有人说，日语的"からだ"（体）是"カラだ"（空的），即是空壳，是容器。哪个国家都会有人认为，存在单纯作为容器的肉体这种东西。他们认为，作为容器的"Körper"管理得好，保持健康，就不会干扰精神活动，这固然很好，但它终究只是个容器，自身不会产生任何东西。"健康的精神寄居于健康的肉体"等谚语，听起来肉体只不过是驿站。

与此相反，需要重新审视"Körper"单独存在的价值的观点最近越来越强烈。例如，明明我不是左撇子，却只用左手扣纽扣。那是因为我的身体还保留着小时候右手骨折、几个月无法使用的潜在记忆（Gedächtnis）。这也许意味着，即使头脑忘了，身体却还记着，也能用自己的方式来表达。

在这个意义上，德语词"Körper"俨然已成流行语。即认为"Körper"不是累赘，而是人生命的中枢。当然，其流行起来的原因也是可疑的。"人只靠大脑活着是不行的，请身心灵合一，身体、灵魂和精神统一起来吧"是冥想俱乐部和新兴宗教传单上的宣传语，倡导身心灵三位一体是他们拉揽人的惯用手段，相当可疑。

不过，恢复"Körper"的名誉，也包含着重新审视人类主体多元性的意义，特别是在过去二十多年中，这已经成为文学研究的重要关键词之一。例如，心理上想去学校，但一旦真去了，身体却发烧了。想去的是真实的自己，不想去的也是真实的自己。

不仅是人，语言也有"体"。当我这么说时，心里异常激动。日语里也有"文章的身体"，即"文体"。文章不仅传达某种意义，它还有身体，有身体则有体温、姿态、疾病、习惯和个性。即语言也有活生生的"身体"，不能只还原为语义内容。我常常思考语言的"Klangkörper"（音体）和"Schriftkörper"（字体）。这俩词不常用，但"Klang"（声音）和"Schrift"（文字）是常见的词，加了后缀"Körper"成了复合词。语言不仅传达信息，它还有声音，声音本身也创造意义。文字也一样。书法当然是通过字形来表达的，但即便是拉丁字母，形状和排列也可以体现不同的情感和氛围。文字让我可以写我所写，但它同时将我所写的从我这里夺走，自成一体。曾有位朋友说："动笔写吧，内心情感却又好像飘走了，变得陌生了，而且当我把它写成文字时，内容似乎变得不同了，我讨厌这样。所以，我宁愿什么也不写，就把感受珍藏于心。"这种人最好不要当作家。因为写作就是和语言打交道，而语言是他者，它有自己的"身体"。

如果语言的身体是"Sprachkörper"，那么身体语言就是"Körpersprache"。不是用语言，而是用动作、手势等进行交流。到异国旅行，语言不通时，经常会用到身体语言。然而，文化不同，身体语言也不同。例如，我的德国朋友B女士去日本人家里玩，去洗手间要走过一条长廊，她走过头了。主人便招手要她回来。可是，四个手指向下摆动，对德国人来说却是再往前走的意思。于是她继续往前走。主人急了，更使劲地往下招手。在如此差异下，把招财猫放在德国的店里，金钱和顾客是不是都会跑掉了。

在德国，许多人搓动食指和拇指指尖，用来表示"钱"。

还有，用食指"哐哐哐"地敲击额头，意思是某人或政府机关的做法太搞笑了。只这个动作已足够表达意思了，但经常还同时说一个成语，"他（在脑袋里）养鸟"（Er hat einen Vogel）。

都说意大利人说话时手势很多，德国人手势很少，但也有个体差异性。经常看到有人在聊得起劲时，就把右手向外抡圈。肘部是弯曲的，抡出的圈并不大，但配合着强调的语气，势头就会很猛，听话者最好小心不要被打到。据我观察，没有向内抡的，一定是向外抡。记得在汉堡大学时，一起看录制的某次周末研讨会的视频，竟然有那么多的身体语言，大家都大笑起来。

9 衣装

我们通常认为衣服对身体来说是外在的,与人的感情没有直接关系。悲伤时额头上可能会有皱纹,但衬衫上不会有皱褶。即便心里高兴,未擦的皮鞋也不会因此变得光亮。

然而,看一下熟语,有很多说法让人觉得:人的感情是不是也渗透到了衣服中呢?例如,以领带(der Schlips)为例,熟语"jemandem auf den Schlips treten"(踩着一个人的领带)是侮辱人的意思。这个说法很常用,即使那些认为领带只是随便挂在脖子上的布条儿的人,想象一下它被人踩着的情景,就会不由得意识到,平常称之为"自尊心"的某种东西已经渗入到这块布条儿中了吧。即使我没系过领带,也能切身体会和理解那个说法。

谈到"踩",日语中也有"践踏别人的感受"和"穿着鞋子闯入别人家"的说法,看来用脚触碰别人还是不行的。

领带来自西方,日本的成语中,不会出现领带。口袋等单词也一样。取而代之的是"懐"(和服与身体之间的部分)这个词,像"懐が暖かい"(手头有钱,腰包富裕)这样的说法,在不再穿和服的现代,也仍然使用。这也许意味着,虽然服饰变迁剧烈,但是成语出乎意料地会留存很长时间。"馬子にも衣装"(人靠衣装马靠鞍)这句现在也用,想一下"馬子"(马车夫)这个词有多老,或许会吃惊呢。

帽子最近不时兴了,但是以前穿西装不戴帽子则很奇怪。即使是现在,在维也纳等地走入老式咖啡店时,仍然会看到男士把帽子和外套一起寄存,女士们则戴着女士帽在喝咖啡。

向人表示敬意有"脱帽!"(Hut ab!)的说法,帽子这个词竟然经常被用到。

也常听到"Ihm ging der Hut hoch"(怒发冲冠)这样的表达。意思是,过于愤怒,一瞬间失去理性的激动状态。好像容易受伤的心寄居在领带里,愤怒则寄居在帽子里。

帽子具有独特的形状。放大来看,也可以说它让人想起穹顶等的建筑形状。穹顶下,聚集起很多人。例如，一个团体或组织中，各种性格的人、观点、意见等混杂一起，把他们统一起来，则称为"unter einen Hut bringen"（收纳到一顶帽子下面）。

反过来，缩小帽子的形状，就是"Fingerhut"。这是由金属或陶瓷制成的帽形顶针，做针线活时戴在手指上。一种不知为何令人好奇的小玩意。在奥地利和德国或许有人买过它当作纪念品。

衣领是掌管人类正义的。经常在电影中看到，追究别人的责任时抓住对方领子（der Kragen）激烈摇晃的动作，有一个成语就叫作"jemanden beim Kragen nehmen"（抓住领子，责问）。

日语中说"襟を正して"（正襟危坐），不可思议的是，一整衣领好像觉得态度都变端正了。不管怎么说，领子是严肃认真的部分。所以，当你想不负责任、糊里糊涂地生活时，就穿没有衣领的T恤之类，这样既不需要调整衣领，也不必担心被人抓住领子追究责任了。

皮带叫"der Gürtel"，说"den Gürtel enger schnallen"（勒紧皮带）是抑制奢侈的欲望、节约的意思。看样子，腰带将人的身体分为上下两部分，也具有比喻的作用。上部有头有脸，是理性的、公共的，下部则与消化、排泄和性交有关，是感性的、个体的。我自己不太赞成这种身体的二分化，但是世人似乎普遍这么认为。分隔两个世界的边界是"皮带线"（die Gürtellinie），因此，当笑话或谩骂过于露骨和粗俗，进入性领域时，就说它"unter der Gürtellinie"（在皮带线以下）。我总感觉这个成语太过于露骨和直接了。为什么比起说腰、肚脐、肚子之类的，说皮带让人觉得更直接呢，真是奇怪。

日本有"带（和服腰带）"，它与皮带不同，即便系紧也很软。相反，说"带を缓くする（放松腰带）"，就是解除警惕，松了一口气的意思。不过，这个表达在现在的日本或许已经不那么普遍了。

"袖の下"（贿赂）这个说法经常使用。从袖子下面出来的东西，从哪里来、怎么来的，不太清楚。给人一种可疑的感觉。比如政客把一捆捆的钞票偷偷地塞进自己的袖子里，与此相反，魔术师则从袖子里掏出鸽子或兔子。德语中有个说法叫"aus dem Ärmel schütteln"（从袖子里抖出来），意思是非常轻松地完成某件事。

最后来看"裤子"。某件事搞砸了，就说它"in die Hose gehen"（进入裤子中）。不知道为什么会有这种说法。裤子口袋里破了个洞,放入的金币通过这个洞,进入裤腿掉下去,这是浮现在我脑海中的画面。

刚到德国的时候,给我留下深刻印象的是"tote Hose"(死裤子)这个表达。去地方城市,晚上十点左右餐厅和酒馆就已经打烊了,再加上也没有迪斯科舞厅和电影院等,街上空无一人,感觉很无聊,大家就会说"那里过了十点,就是死了的裤子"。不知道为什么是"裤子",裤子本来就不是活的,为什么说是死裤子呢,我一直觉得很不可思议。

如果你去德国的地方城市,晚上上街却发现无处可玩的话,请一定要想起"死裤子"这个说法。

10 感觉的意义

仔细看"官能"(感官,肉感)这个日语词,还真是奇妙。"官"是"警官"的"官","能"是"能率"(效率)的"能",都没有性张力。但两个字放在一起,立马就性感起来了。"官"和"能"的语义好像有了某种功能,具有了掌管、达成某事等的能力了。感觉器官们各司其职,拼命地、持续地感知,这么一想象,就觉得"官能的"(肉欲的,性感的),也真是辛苦啊。

类似地,德语词"sinnlich"也让我感到惊讶。这个形容词意为"肉欲的、性感的",是从名词"Sinn"(感觉,意思)派生出来的,但是它与同样派生出来的"sinnvoll"的意思完全不同。"sinnvoll"的意思是"符合目的、理性的、有意义的",日常生活中也经常使用。明天节假日,火车票最好提前预订,或者出国旅行时,仅有普通健康保险还不够,最好再加入旅行保险等，这时候就用"sinnvoll"。如果弄错了，说成了"sinnlich"（性感），听的一方，如果不充分发挥想象力，就会一头雾水，不明所以。

"官能的"这个词，在日语中使用的范围非常有限，也可以说几乎不用。相比之下，我觉得德语的"sinnlich"要更常用。因此，遗憾的是，我觉得"Sinnlichkeit"（性感）的形象被过分商品化了。在旅游或化妆品广告中，身着泳衣的模特，身上挂着海水水滴，皮肤在阳光的照射下，闪闪发光。她脖子后仰，闭着眼睛，微张嘴唇，恰是这个形象体现了"官能"。对每天上班下班过着一成不变的生活的人说，要不要来点"sinnlich"的时光呢？人们马上就会心动吧。所以，即使本来特指身体上的快感，但实际上未必与性有关。许多广告都暗含性欲，但实际上追求的是日光浴等肌肤的愉悦，或美食等带来的舌尖的享受。这种暗示性形象的，表现肌肤愉悦和物欲享受的广告，在日本几乎看不到。既看不到口含生鱼片、性感十足的舌头，也不会有年轻美男子在温泉里出神地凝视自己的肌肤等广告图片。倒不如说，在日本沐浴或用餐时，浓艳的性感让人感觉厌烦和闷热,所以有很多广告都是强调清凉和凉爽的。

"sinnvoll"的反义词是"sinnlos",意思是没有意义,毫无用处。如,一个人要是没个固定职业,天天写些不被认可的小说,可能就会被家人和朋友们忠告说,净整些没用的,真是"sinnlos",找份正经工作吧。对于他本人来说,或许写作才是真正给予他感官愉悦的体验,是"sinnlich"。又比如,少女迷恋上了一个既没工作也没钱、还不诚实的游手好闲的男人,但他却充满性魅力。对于这个少女来说,逃学后两个人一起度过的时光一定是"sinnlich"的,但是父母和老师决不会说这种行为是"sinnvoll"的,他们可能会用"Unsinn"(胡闹)或是更为严厉一些的骂人的话,如"Blödsinn"(愚蠢)。

试想一下,有多少"sinnlich"的行为,都是被世人认为是"sinnlos"的。

"Sinngenuss"(肉体的享乐)、"Sinnlust"(肉体的快乐)等等,对于许多宗教来说,岂止是"sinnlos",简直是"die Sünde"(罪恶)。其实,当今社会,精明的市民们似乎把快乐驯服到了不会妨碍经济生活,而是成为一种激励的程度。

有意义还是没意义,貌似是大道理,其实很多时候就是由身体感觉器官(Sinnesorgan)来决定的。"充实的人生"(sinnerfülltes Leben)里的"Sinn"是哪种含义呢?我就想不怀好意地问一问。一说"有意义的人生",感觉很了不起,但有时候,即使做了很了不起的事情,也会有徒留空虚的感觉。归根到底,在充满"Sinn"这件事上没有客观标准,感官的充实难道不是另一种意义吗?

我觉得,"Sinn"(意义)并非根据社会常识来确认,而是靠自己的"Sinn"(感觉)来把握的。它的基础在于感觉器官。例如,吃到美食时,不会觉得吃徒劳无用吧。没人会在登山欣赏到美景时,或者听到喜欢的音乐时,觉得人生没有意义吧。也许只有在感官没有捕捉到任何美好的事物的时候,人们才会去寻找意义之类的美好。这并不意味着提倡奢侈的消费生活。即便在高级饭店,也常常有食不知味的情况,粗茶淡饭也吃得津津有味那才叫厉害。感受美味,有时也需要学习文学等其他知识。我认为,事实上,美味与否不是由动物性的舌头决定,而是将舌头的感知传达到大脑,再由人的思考方式、经验和心情等各种各样的神经网络来决定的吧。顺便说一下,虽然我刚才使用了"动物性的"这个词,但我并非在歧视动物。我家的猫,当我给它廉价的猫罐头时,它会一脸嫌弃,但是如果我拿勺子喂它,它就会喉咙里发出咕噜咕噜的声音,大口吃起来。

文学语言只求"sinnvoll"不说"sinnlich",那就麻烦了。例如一篇文章只说明了主人公为什么现在要去伯母家,无论它在叙述梗概方面多么有意义,如果语言描写本身不能让人有愉悦感也是徒劳无用的。这样说好了,"sinnvoll"是传达,"sinnlich"才是表达。竟然有人认为语言的乐趣只是诗歌的任务,小说就不需要承担,真是匪夷所思。我觉得,小说要是不在各种意义上追求语言本身的快乐那就麻烦了。

解说 "exophony" 的时代

[美] 利比英雄

我自己先读了一遍,写书评时又读了一遍。之后,在我的文学课上每年都要带学生反复品读,这时我还会从头再读一遍。

每次都有新的发现。

这种发现并不是发现某种科学事实,而是文学独有的"发现",是发现我们都模模糊糊意识到的东西,第一次在文字中被阐明了。

在这个时代,还有哪本文学书能像这样时读时新呢?

这本书明确而充分地探讨了这个时代每个人都下意识地觉得必须要重新思考的课题,所以它一经出版即获得了"现代经典"的评价。

刚开始我只是觉得书名很奇怪，有些难以理解①，片假名"エクソフォニー"，让我想到了它的原始英文"exophony"，"exit（出口，到外面）"加上"telephone"或"phonograph"的"phone"（声音或音符），是不是意为"之外的声音"？"phone"变为"phony"，是指"之外声音"的状态或现象。而且，我能凭直觉感到，这种现象已被确立为评论术语，其中包含了对语言表达的新认识。

开始读《エクソフォニー》一书后，我了解到，英语单词"exophony"原来意指"用母语以外的语言创作"，这一术语在学术上业已得到确立。读了这本书之后，在一次国际文学会议上，我也曾被作为"exophonic writer"（母语外作家）提起。但是，第一次看到这个日语片假名单词，感受比我将其作为英语"exophony"理解时更为鲜明和强烈。看着那不可思议的片假名——这是日本近百年来首个真正意义上的双语作家多和田叶子的著作，副标题为"母语之外的旅行"。领会其书名意义的瞬间，我感觉了一种仅用评论术语难以言说的感慨。我想到

---

① 本书的日文版书名为《エクソフォニー母語の外へ出る旅》，其中"エクソフォニー"音译自英语单词"exophony"。——编者注

了"状态",更想到了"旅程",并有预感,在这场旅程的记录中会有文学独有的发现吧。

打开《エクソフォニー》一书,第一章第一页,一段文字跃入眼帘,这是以往的日语作家从未有过的文学论:"我们之前也常听到'移民文学''克里奥尔文学'等词,但'exophony'的意义更广泛,是指母语之外的所有状态。未必只有移民才用外语书写,他们使用的语言也未必就是克里奥尔语。从参会者们身上便可知道,世界在不断趋于复杂多样化。"

非母语写作古而有之。然而,对它的理解以及说明,一直用"移民"或"克里奥尔",或"在日"或"后殖民地"等政治或经济的,即"外部"的因素进行阐释。比如,从苏联流亡的俄罗斯人用英文写作,被日本侵略而亡国的韩国人用日语写作,作为经济移民前往德国的土耳其人用德语写作。然而,多和田叶子的《エクソフォニー》,从第一章开头就陈述了用外语进行自我表达和他者表达,即用外语创作"文学"的动机多种多样,早已无法在历史或者社会科学的层面上进行解释。书中还阐明了,正是这种多样性呈现出表达的"现代性"。

当然，作者是基于自己在日本出生、现居德国，选择用德、日双语创作，"日趋复杂"的个人经历而有此宣言的。这一宣言将20世纪末到21世纪初，一位作家的游历，以及同一"现代"背景下，全球范围内由各种不同的因素引发的、无论从哪个意义上都不能用"移民"一词涵盖的人类流动现象纳入视野，因此既有张力又有广度。

《エクソフォニー》一书，在接下来的近二百页中，一位进入异语言内部的双语作家一边在世界各地旅行，一边热情、敏锐且幽默地细数各种书面语表达的现状，并一次次回顾自己的语言体验。每一篇的见解绝非中立，而是一家之言。然而这些见解，无论对母语还是异语言，都是真挚坦率的，柔韧、灵活的，是那些真诚并彻底地将自己暴露在母语和异语言中的经验者所特有的。

"刚到德国时，说实话，我觉得怎么可能用母语之外的语言写东西呢？然而，五年后，我想用德语写小说了。这是一种无法抑制的冲动，拦也拦不住，我不能不写。"

既不是"在日外国人"，也不是"归国子女"，也就是说，并非受历史或社会背景驱动，只是自然而然地想用另一种语言创作,而且不局限于随笔或文章,还想写小说。她以个人告白的口吻告诉我们,在此之前,许多作家和读者都认为"不可能的"事情如今却发生了。"移民""流亡""迫害"这些都没有,只是不由自主地被另一种表达的可能性所驱使,从中可以看出表达者独有的必然性。

而且,"exophony"的体验被比喻成倾听崭新的交响乐。真的可以听到异质的音阶。不去想那是属于异族的,只是老老实实地侧耳倾听。既然学了新的音符,当然就想自己也来演奏。

然而,《エクソフォニー》一书的奥妙和乐趣不仅仅在于一位日本作家的"语言越境的告白",更是在于与这样的体验相参照的,围绕着"母语""外语"和"文学创作"所展开的一流评论。

多和田叶子的评论,涉及世界各地的语言,并且反复地以近代日语的情况作为参照对象。

作为居住在欧洲的日本人,她比同时代的任何一位文学家都更能抓住洞察问题的契机,也因而消除了附着在近代日语上的西洋崇拜和民族主义两种偏见,使得与保守和怀古主义截然相反的"日语的生命力"得以彰显。拆解了自卑感、民族主义和势利主义后，展现在眼前的不是"美丽的日语"，而是"活生生的日语"。

这是打破了自森鸥外以来百年权威的束缚，将德语的生命融入自身的作家所独有的，与其境遇相符合的评论。

在多和田叶子这里，"旅行"的目的绝不是终点，越过边界，到达德国或擅长德语都不是目的。回顾走过的道路，她说，"我一直觉得，我不是想越过边界，而是想成为边界的居民"。在双语间生活会给日常的语感带来危险，但交流得好，负迁移反过来也可以转变为正迁移。

"我头脑中的两种语言相互干扰，我时刻感受到这种危机感：如果什么都不做，我的日语会变形，德语会散架。放手不管，我的日语将低于日本人的平均水平，而我的德语也将低于德国人的平均水平。相反，如果我每天有意识地积极在这两种语言中深耕细作，就会发现，由于相互刺激，两种语言都将获得与单语时代无法比拟的精确性和表现力。"

而且，对于一位作家来说，穷极这种表现力，就能窥见"各种语言解体、不被意义束缚、语义消亡之前的极限状态"，就会产生书写的终极愿望——

到达那里。

即使从未用外语写过片言只语的人,也宛若一度跨出了母语,不由自主地留意起自己的母语来。所有的文学创作者或文学读者都能隐约察觉到,这本书为我们"发现",并逐渐为我们展现出一幅现代的愿景:一个多种母语平等共存的"多民族共生"的空间,那里每个人说着不同的语言。"一个人开始拥有多种声音。不是因为有各种各样的人,所以有各种各样的声音,而是每个人的内心都有各种各样的声音。"

多和田叶子的评论就像散文诗,字字珠玑,她的文字堪称现代日语的一个奇迹。她写的不只是日语,还有日益纷繁复杂的世界,还有谁能像她这样将其描绘得如此鲜明生动呢?